Über den Autor:

Steve Schild wurde 1984 in St. Gallen geboren. Schon seit seiner Kindheit ist er von Technik, insbesondere Luft- und Raumfahrt, begeistert. Die von der Science Fiction beschriebenen und dargestellten Möglichkeiten, ausserplanetarische Welten zu besiedeln, liessen in ihm den visionären Wunsch entstehen, eines Tages selbst den Weltraum zu erkunden. Das bewog ihn, sich beim Mars One Projekt zu bewerben.

Steve Schild war Mitglied im Rosenkreuzer- und Druidenorden. Aus persönlichen Gründen die teils hier auch erwähnt werden, ist Steve Schild aus den genannten Orden ausgetreten. Er ist nun Mitglied in einem neuen Orden.

Steve Schild ist Präsident von www.vptschweiz.ch und arbeitet als Verkaufsberater im Außendienst eines namhaften Elektronikherstellers. Er ist Vater von zwei Töchtern und treibt viel Sport. Nebst all diesen Hobbys ist Steve Schild Autor der Buchreihe „Gefangene der Zukunft".

Bei der Entstehung dieses Buches ist Steve Schild in der Ausbildung zum Eidg. Dipl. Marketingleiter.

Stand: April 2019

Bibliografische Information der Deutschen Nationalbibliothek: Die
Deutsche Nationalbibliothek verzeichnet diese Publikation in der
Deutschen Nationalbibliografie; detaillierte bibliografische Daten sind im
Internet über dnb.dnb.de abrufbar.

1. Auflage, 2019
© Steve Schild
Tinka Wallenka – alle Rechte vorbehalten.
Herstellung und Verlag: Bod - Books on Demand, Norderstedt

ISBN: 978-3-7494-4849-4

steve.schild@bluewin.ch http://www.steveschild.ch

Druidenzeit

Ein Mann zwischen den Welten

Steve Schild
& Tinka Wallenka

Buchbeschreibung:

Visionär - Autor - Mars One Kandidat

In seiner Biografie erzählt der Schweizer Steve Schild, was ihn dazu bewegt hat, sich für ein "One-WayTicket" zum Mars zu entscheiden und wie er sich trotz Schicksalsschlägen niemals entmutigen ließ, seiner Vision zu folgen.

Offen und ehrlich teilt der zweifache Vater dem Leser seine Gedanken und Ängste, aber auch seine Hoffnungen und Träume mit und teilt seine Erfahrungen mit dem Druidenorden.

„Ein Querdenker mit beeindruckender Vergangenheit und galaktischen Zukunftsplänen." Tinka Wallenka

Ein Leben zwischen den Welten

Am 04. Oktober 1984, an einem Donnerstag, erblickte ich im Kantonsspital in St. Gallen als Erstes von drei Kindern das Licht der Welt. Die Singularität des sogenannten „Altweibersommers" trat in diesem Jahr besonders stark in Erscheinung. So herrschten in der ersten Oktoberwoche zum Abschluss einer längeren Regenperiode noch immer starke Schauer, trotz starkem Wärmeüberschuss und nachmittäglicher Sonne. Als hätte der Sommer noch darauf gewartet, mich in der Welt willkommen zu heißen. Als wollte die Natur mir noch ein Stück Wärme und Geborgenheit mit auf den Weg geben, bevor alles seinen vorgesehenen Lauf nahm. Einige Jahre später wurden meine Schwestern Sabrina und Sara geboren. Ja, meine Eltern hatten irgendwie eine Vorliebe für Namen, die mit „S" beginnen.

Ich wuchs als einziger Sohn einer Familie auf, die es gewohnt war, hart zu arbeiten. Das Motto meines Vaters war schon immer: „Arbeite hart und lerne einen handwerklichen Beruf, dann wirst du es in der Zukunft gut haben." Und so war auch an mich von Anbeginn eine gewisse Erwartungshaltung gerichtet. Schließlich konnte der Apfel nicht weit vom Stamm fallen, nicht wahr? Meine Mutter kümmerte sich von Anbeginn äußerst fürsorglich um uns Kinder und war gerade in den ersten Jahren sehr viel für uns da. Eigentlich war sie das auch noch danach immer und wir konnten eine schöne Zeit zusammen genießen. Als Junge lag es dabei selbstverständlich in meiner Natur, immer der mit den meisten Flausen im Kopf zu sein. Wenn irgendwo etwas kaputtging oder es Streit gab, war zumeist nicht unwesentlich daran beteiligt. So ging auch die schrille Melodie abertausender zerberstender Glassplitter unseren damaligen Nachbarn, dessen Lobgesang ähnlich hoch aber wenig liebreizend war, auf meine Kappe. Und auch, wenn ich tatsächlich einmal unschuldig war, so blieb ich dennoch der Junge, der immer nur Quatsch im Kopf hatte. Schließlich hatte ich ja einen Ruf zu verlieren, oder nicht?

Schon damals hatten sich in meinem eigenen verqueren Denken, Ideen zusammengebraut, wie in einem kreativen Gewitter, das nur in meinem Kopf stattfand. Verbote waren dabei kein Hindernis, sondern übten einen gewissen Nervenkitzel auf mich aus, der das Ganze nur noch spannender machte. Ich glaube, meine Eltern hatten es nicht leicht mit mir, und das ein oder andere graue Haar war sicher mein Verschulden. Ich erinnere mich noch an die Gärten der Nachbarn und daran, wie sie mich magisch anzogen und ich überall voller Neugier mit dabei sein musste. Die Gegend zu erkunden und dabei Neues zu entdecken war damals schon die größte und spannendste Sache der Welt für mich gewesen.

Über die Jahre zogen wir viel um, meist wegen dem Job meines Vaters. Der erste Umzug, an den ich mich einigermaßen erinnern, führte von St. Gallen Kronbühl nach Romanshorn. Dort lebten wir für einige Zeit in einem schönen tollen Haus inmitten der Ortschaft. Ich besuchte den Kindergarten und später auch die erste Klasse. Damals verliebte ich mich angeblich in die Kindergärtnerin. Zumindest, wenn man den Erzählungen Glauben schenken darf. Ihr Name ist mir allerdings bis heute im Gedächtnis geblieben, also musste sie zumindest einen bleibenden Eindruck auf mich hinterlassen haben. Soweit ich mich erinnern kann, habe ich den Kindergarten immer schon langweilig gefunden. Ich mochte es schon damals nicht in ein starres Muster gedrängt zu werden. Alle malen jetzt eine Sonne, alle tun jetzt dies oder jenes. Ich wollte mich selbst als Kind schon frei entfalten und fühlte mich manchmal recht fehl am Platz mit meinem Hang zur Selbstverwirklichung. Während alle anderen die Anforderungen nach Schema X anstandslos erfüllten, als wären sie Roboter. Und überhaupt war alles zu normal und viel zu gewöhnlich. Ein Alltag ohne Nervenkitzel und ohne Abenteuer. Wo bleibt da der Spaß? Vor allem, wenn es einem so danach dürstete, Neues zu entdecken? Vor allem aber, gab es zu wenig Technik.

Denn diese Liebe hatte ich, sehr zum Leidwesen meiner Eltern, schon recht früh entdeckt. Es kam nicht selten vor, dass Radios und ähnliche Geräte von mir in ihre Einzelteile zerlegt wurden. Ihr wollte ihr Innenleben verstehen, ihre Zusammensetzung. Während sie bangten, dass ich alles wieder richtig zusammengesetzt bekam, lag genau darin für mich die Faszination. Wie ein Pianist, der Ton für Ton begreift, um am Ende eine schwierige Komposition zu spielen.

Die erste Klasse besuchte ich noch in Romanshorn, dann entschieden sich meine Eltern, erneut umzuziehen, wodurch ich schließlich in Salmsach im Kanton Thurgau landete. Dort begann die wohl interessanteste Zeit meiner Kindheit und Jugend. Wir lebten in einem schönen Einfamilienhaus am Waldrand mit einem kleinen Bach und umgeben von viel Natur. Wie ich bald erfreut feststellte, ging ein Freund aus dem Kindergarten in die gleiche Schule wie ich und so besuchten wir gemeinsam die zweite Klasse. Er wurde zu meinem besten Jugendfreund und die kurzen, aber intensiven, Jahre, welche mir im Nachhinein wie eine Ewigkeit vorkommen, waren geprägt von Abenteuern, der „ersten Liebe" und vielem mehr. Wir waren immer draußen in der freien Natur unterwegs und hatten dort unendlich viel Spaß zusammen. Uns wurde es nie langweilig, und wenn ich mal nicht draußen war, dann saß ich zu Hause und baute Modellflieger aus Kunststoff. Zu dieser Zeit war ich wie ein wandelndes Lexikon und kam auch zum ersten Mal mit Star Trek, Raumschiff Enterprise und Co. in Berührung. Schon damals war ich sehr angetan und fasziniert von den technischen Möglichkeiten, vom Reisen durchs Universum und den fremden Welten, die es zu entdecken galt. Meine Eltern hießen dies jedoch nicht gut. Sie wollten nicht, dass ich mir diese Dinge ansah, und meinten, es würde mich nur belasten und mir nicht bekommen.

Wie sich heute herausstellt, hatte mich diese Zeit stark geprägt. Meine Neugier wie auch mein Wissensdurst sind in dieser Zeit herangewachsen und heute stärker denn je ausgeprägt.
Die Zeit, die darauf folgte, war rückblickend ziemlich anstrengend, vor allem für meinen Schutzengel (oder meine Schutzengel, manchmal denke ich, es müssen mehrere gewesen sein). Einmal wäre ich beinahe ertrunken. Als ich mich mit einem Seil über einen Fluss schwingen wollte, riss dieses plötzlich mitten in meinem Flug und ich stürzte ins Gewässer. Am Grund verhedderte ich mich mit einer Wurzel und hatte sehr viel Glück, doch noch freizukommen. Der zweite Unfall passierte im Keller unseres Hauses. Eine uralte Werkbank mit einem schweren Schraubstock kippte um und klemmte mich dabei ein. Der Schraubstock, der nur wenige Zentimeter neben meinem Kopf landete, wog einige Kilos und meine Eltern hatten alle Mühe, mich aus dieser misslichen Lage zu befreien,

die beinahe mein Ende gewesen wäre. Sie erzählen mir heute noch davon und meinen, dass ich einen Schutzengel gehabt haben muss. Aber ich glaube, dies sind Geschichten, die das Leben schreibt und die viele von uns erzählen können.

Nach einiger Zeit, ich wechselte gerade von der vierten in die fünfte Klasse, entschlossen sich meine Eltern dazu, erneut umzuziehen. Somit stand mir wieder ein Neuanfang bevor. Neue Menschen, neue Gesichter, aber auch neue Abenteuer. Diesmal in Steinach SG. Die Zeit in Steinach sollte sich als noch spannender herausstellen, als die in Salmsach. Ich lebte dort bis zur Volljährigkeit. Doch zunächst kam in die fünfte Klasse der Primarschule Steinach und hatte Schwierigkeiten, mich dort zu integrieren. Ich war eben anders und noch dazu neu an der Schule. Meine Mitschüler hingegen waren bereits ein eingespieltes – und verschworenes – Team. Aufgrund meiner – wie ich heute weiß – Intelligenz, war ich ihnen schon um einiges voraus. So interessierte ich mich folglich für Dinge, die den anderen zu speziell waren, und wurde oftmals gehänselt und schikaniert. Im Sport und in technischen Dingen war ich aber schon damals einer der Besten. Meine Freunde fand ich auch nicht der eigenen fünften Klasse, sondern in der Parallelklasse sowie einige aus der vierten. Nach der Schule sind wir dann immer zusammen durchs Dorf gezogen und haben Steinach „unsicher" gemacht. Ja, es war die Zeit der Töffligängs, Partys, wenn die Eltern weg waren, und natürlich Frauen. Schließlich waren wir in der Pubertät.

Mit jungen fünfzehn Jahren begann ich meine Ausbildung zum Netzelektriker bei den Technischen Betrieben Gossau. Die Lehre kam mir wie eine Ewigkeit vor. Im zweiten Lehrjahr lernte ich eine Frau aus Chur kennen. Einige Jahre später wurde sie zu meiner Frau. Als ich 18 Jahre alt war, zog ich umgehend zu Hause aus. Nicht, dass ich ein schlechtes Verhältnis zu meinen Eltern hatte, doch ich wollte so rasch wie möglich auf eigenen Beinen stehen. Zwar hatte ich kaum Geld und die Rekrutenschule lag vor mir, doch ich wollte meinen Kopf durchsetzen und meine eigenen Erfahrungen machen. So verschlug es mich nach Rorschach, genauer gesagt an den Rorschacherberg. Einige Zeit später folgte mir meine Freundin und wir führten unseren ersten gemeinsamen Haushalt. Ein Einkommen von unter 3.000 CHF, ein Auto – es war zum Sterben zu viel und zum Leben zu wenig, aber wir kamen damit zurecht. Nachdem wir uns zusammen eingelebt hatten, begann ich eine Zusatzlehre als Elektromonteur in St. Gallen. Eine Lehre, die ich wohl mehr aus Neugier, als aus wirklichem Interesse machte. Immerhin hatte ich dadurch einen weiteren guten Abschluss in der Tasche – ein perfekter Grundstein für meinen weiteren Weg.

Während meiner Lehrzeit wusste ich aber bereits: Ich bin zu Höherem berufen! Eines Tages wollte ich unbedingt etwas Großes schaffen. So versuchte ich mich schlussendlich daran, Kurzgeschichten auf Papier zu bannen und sogar ein ganzes Buch zu schreiben. Zu meiner Freude wurde das Buch „Gefangene der Zeit" dann auch veröffentlicht. Ich war euphorisch und stolz zugleich. Es wurde etwas von mir gedruckt, es gab MEIN Buch zu lesen. Doch wie sich bald herausstellte, entpuppte es sich als Fehlschlag – der Verlag ging Konkurs. So mitreißend wie meine Freude zuvor, war auch das Tief, in das ich fiel. Es fühlte sich an, als hätte sich das Schicksal gegen mich verschworen. Ein Versuch war es zwar wert gewesen, doch zu dem Zeitpunkt sollte es wohl noch nicht sein. Vielleicht wollte mich auch irgendetwas „beschützen". Eine Art höhere Kraft, die der Meinung war, dass ich noch nicht so weit bin und erst noch ein paar Erfahrungen sammeln und ein bisschen was von der Welt sehen sollte. Doch so oder so, das Leben ging weiter. Ich suchte mir also meinen ersten richtigen Job und wurde Servicetechniker bei der Firma FUST AG. Ich hatte mein eigenes Fahrzeug und war viel bei Kunden in der Deutschschweiz unterwegs. Eine herrliche Zeit. Spannend und auch abwechslungsreich. Abends besuchte ich zudem noch die Handelsschule bei der Migros. Mein Bestreben dahinter war, eine eigene Firma zu gründen. Ich wollte mir privat gemeinsam mit meiner Frau etwas aufbauen.

Und so kam es dann auch. Am 06.03.2008 gründeten wir die Firma „Cyberwars GmbH". Der Zeit mindestens zehn Jahre voraus, verkauften wir unter anderem Drohnen, Armbanduhr-Handys, Roboter und alles, was mit Technik zu tun hatte. Vieles davon importierten wir direkt aus China. Meine damalige Frau und ich investierten unser gesamtes Vermögen in die Firma und nahmen dazu noch Kredite auf. Es müssen wohl über 100.000 Franken gewesen sein, die wir investiert hatten und die Firma lief eine ganze Zeit lang wie am Schnürchen.

Irgendwie war alles zu schön, um wahr zu sein und so platzte die Seifenblase dann auch. Was folgte, war der „Zusammenbruch". Meine Frau wollte die Scheidung und das Kartenhaus fiel mit einem Mal in sich zusammen. Ich musste meine Firma, das, woran mein Herzblut hing, aufgeben. Und auch im Job lief es inzwischen nicht mehr gut. Ich entschied mich nach der Trennung von meiner Ex-Frau, die Welt zu erkunden und mich neu zu finden. Eine spannende aber auch sehr mühsame Zeit der Selbstfindung begann, in der ich versuchte, mir über einige Dinge klar zu werden. Was ich vom Leben erwartete zum Beispiel. Ich war mittlerweile 24 Jahre alt und meinen ganzen Weg noch vor mir. Doch wo anfangen, wo aufhören und überhaupt: wohin mit mir? Wo ist mein

Platz und was soll ich als Nächstes tun, um diesem einen Schritt näherzukommen?

Ich suchte nach Inspiration, nach einem Weg. Oder zumindest nach irgendetwas, dass mir meinen Weg weisen konnte. Durch Facebook wurde ich auf einen ungewöhnlichen Weltrekordversuch im Distanzrutschen aufmerksam. Folglich wurde ich neugierig und meldete mich an. Zu meiner Verwunderung wurde ich ins Team aufgenommen und hatte meinen ersten Guinness World Rekord in der Tasche. Es war ein unbeschreiblich tolles Gefühl, etwas geschafft zu haben, was noch niemand vor mir erreicht hatte. Ich spürte, dass nun eine Zeit kam, in der ich viel erreichen würde. Plötzlich fasste ich neue Ziele und Hoffnung. Ich suchte einen neuen Job und wurde in der Industrie fündig. Nebenberuflich absolvierte ich eine weitere Ausbildung, diesmal zum Technischen Kaufmann. Zudem lernte ich meine Freundin kennen, welche mich bei all meinen Vorhaben enorm unterstütze. Es folgten diverse Weltrekorde im Distanzrutschen, Bockspringen und ganz verrückte Dinge wie dem 24-Stunden-Einkaufswagenschieben. Ich erkannte das Potenzial in mir und baute darauf auf.

Im Jahr 2012 kam ich zum ersten Mal mit www.mars-one.com in Berührung und von aus heiterem Himmel veränderte sich mein Leben wieder von Grund auf. Ich fühlte mich schlagartig in meine

Jugend zurückversetzt und mein Bauchgefühl sagte mir, dies sei mein Weg, meine Bestimmung. Ich fühlte mich, als wäre ich einem verloren gegangenen Traum nahe, den ich damals noch nicht richtig greifen konnte. Denn diese ganze One-Way-Mission zum Mars war definitiv mein Ding und zugleich etwas, dass ich nie für möglich gehalten hatte. Ich stand nun vor einer Wahl, dabei hatte sich der Teenager in mir längst entscheiden. „So eine Chance kommt nie wieder", dachte ich, und bin seither im Bewerbungsprozess mit dabei.

Somit besteht mein Leben nun hauptsächlich aus Schlaf, Sport, Arbeit, gesunder Ernährung, Mars-ONE, Interviews und lesen. Für andere Dinge fehlt mir schlichtweg die Zeit. Doch ich bin glücklich mit dem Weg, den ich gewählt habe. Und natürlich trinke ich auch gerne mal ein Bier oder ein Glas Rotwein am Abend, gehe mit Freunden ins Kino oder unternehme sonst was. Allerdings Zeit vergeht im Augenblick wie im Fluge und manchmal wünsche ich mir dann doch, ein wenig mehr Freiraum und Zeit für mich zu haben. Beruflich bin ich auch wieder in der Industrie tätig, wo ich mich nach wie vor noch immer am wohlsten fühle. Dort werde ich zum einen im Verkauf eingesetzt und bin zum anderen für die Beratung der Kunden zuständig.

Das laufende Jahr wird noch einmal starke Veränderungen in meinem Leben hervorrufen. Es scheint mir, als gäbe es eine Art „Jahreszyklus", der immer wieder Scheidewege und Ereignisse hervorbringt, bei denen ich Entscheidungen treffen muss, deren Tragweite ich im Augenblick noch nicht ermessen kann. Doch es hilft, diesen Momenten mit vor Stolz geschwollener entgegenzutreten und einen Weg zu wählen. Wer weiß schon, was die Zukunft bringt? Ich, für meinen Teil, werde meine positive Einstellung beibehalten und abwarten, was auf mich zukommt.

Rückblickende
Tagebucheinträge

Montag, 08. September 2008

Ich öffne meine Augen und der Nerv tötende
Radiowecker zeigt 06:43 Uhr an. Noch einmal
schließe ich meine Lider, um kurz zu entspannen.
Oder anders ausgedrückt: Ich hoffe einfach, dass der
Weckruf nur in meinem Traum eingewoben ist und
ich gleich weiterschlafen kann. Doch dem ist nicht so.
Um 07:00 Uhr muss ich zu meinem ersten Kunden.
Lust habe ich keine, aber was soll's. In dieser Hinsicht
sind wir schließlich alle nur Lakaien des Systems. Wir
arbeiten 5 Tage die Woche und das über 40 Jahre
lang, nur um Rechnungen zu bezahlen und existieren
zu können. Das Ganze nennen wir dann
„Freiheit" und freuen uns das ganze Jahr über schon
auf die paar Tage, die wirklich uns gehören.
Vielleicht sollen wir auch in einen
„Beschäftigungstaumel" gehalten werden, um uns
keine Gedanken um eigentlich wichtige Dinge zu
machen. Was in unserem Essen drinnen ist, oder über
unsere Umwelt oder den Sinn des Lebens. Auch ich
finde keine Zeit, mich intensiver mit solchen
komplexen Thematiken zu befassen und so denke ich
stattdessen darüber nach, was mich heute in meinem
Alltag erwartet.

Ich atme tief ein uns aus und versuche, mich dabei so gut es geht zu entspannen. Wenn ich dann meine Augen zu mache, tauchen einige Bilder blitzartig vor meinem inneren Auge auf. Währenddessen schwirren meine Gedanken wild und chaotisch durcheinander. Verschiedenste Dinge gelangen nach und nach in mein Bewusstsein. Meine Frau, mein Leben, belanglose Alltagsgegenstände, ich am Frühstückstisch, der Nachrichtensprecher im Fernsehen. Ich spüre ein leichtes Kribbeln in meinem Nacken. Ich liege gerade auf dem Rücken, meine Zehen zeigen zur Decke. Ein Song von „Client" dringt von dem Radio an mein Ohr. Dabei bin ich mir nicht mal mehr sicher, ob es überhaupt eingeschaltet ist. Vielleicht hatte meine Frau es angemacht oder aber der mein Gedächtnis hat diesen Song aufgelegt. Er trägt den Namen „Price of Love" und ist beruhigend und sehr schön anzuhören. Vor allem aber hilft er mir, mich zu entspannen. Ich liebe mein Leben. Ja, das tue ich wirklich. Es gibt mir so viel Wunderbares und immer wieder gibt es Schönes zu entdecken. Auch, wenn nicht immer auf den ersten Blick ersichtlich ist. Manchmal muss man sich die Dinge bewusst machen und in Erinnerung rufen, um sich an ihnen zu erfreuen. Meine Gedanken wandern wieder zu den wenig erfreulichen Dingen an: Meinem Job. Warum muss ich zu dieser unmenschlichen Zeit aufstehen? Wann bin ich heute mit der Arbeit fertig? Wie stressig wird es wohl diesmal werden? Und wie lange ist es noch gleich bis zum nächsten Wochenende? Ich träume von einem weißen Auto. Nein, es ist gelb. Es ist mein Wagen, obwohl die Farbe nicht stimmen kann. Vielleicht ein Taxi? Ich stehe im Parkverbot und bin mir dessen voll bewusst, doch es stört mich nicht. Ich steige aus und im selben Moment endet mein Traum. Die Melodie des Liedes spielte doch nur in meinem Kopf.

In letzter Zeit kommt es oft vor, dass ich seltsam träume. Erst neulich war es, als würde ich die Welt untergehen sehen. Ein merkwürdiger Effekt trat dabei auf. Im Traum nannte er sich: Gebärmutter-Effekt. Warum ich mir ausgerechnet das behalten habe, weiß ich nicht. Die Erde drehte sich normal, während sich die äußere Atmosphäre viel schneller bewegte. Ich gelangte in eine Art „Zwischenwelt" und träumte gleichzeitig davon, in meinem Haus zu sein. Doch durch die viel zu schnellen Umdrehungen stürzte das Gebäude schließlich in einen Abgrund, der sich plötzlich am Boden auftat und wie die Stadt Atlantis unterging.

Zeit, aufzustehen und dem gewohnten Tagesablauf nachzugehen. Irgendwie fühle mich heute sehr gut. So voller Elan und Tatendrang. Ich weiß nicht warum, aber es ist einfach so. Bereits jetzt erfreue ich mich über den Tag, auch wenn dieser wahrscheinlich nichts Besonderes für mich bereithält. Doch fühle ich mich von einer Energie angetrieben, die mich den

Alltagstrott genügsam hinnehmen lässt. Dennoch denke ich ständig darüber nach, dass ich für etwas anderes bestimmt bin. Ich kann es mir selbst nicht einmal richtig erklären und es ist schwer in Worte zu fassen. Manchmal glaube ich eben, ich sei in einer Art Alarmbereitschaft und warte nur auf ein Zeichen, dass es endlich losgeht. Was genau, durch welchen Auslöser oder wohin das führen wird, all das weiß ich nicht. Ich fühle mich einfach fit und bereit. Irgendwie … in Aufbruchsstimmung versetzt. Abwartend, lauschend, auf das Signal, dass mir den Pfad deutet, der zu neuem Wissen führt. Zu Chancen und Gelegenheiten, neuen Ufern … einem Abenteuer.

Der Kosmos ist dabei nicht zu verachten. Seit jeher übt er eine enorme Anziehungskraft auf mich aus. Schon seit Jahren träume ich davon, eines Tages den Weltraum zu bereisen, ihn in all seiner Pracht zu erleben, mit eigenen Augen zu erblicken und ferne Planeten zu besuchen wie andere Leute Urlaubsorte. Nachts blicke ich oft in den Himmel und sehe den Sternen und dem Mond dabei zu, wie sie am Firmament erstrahlen. Häufig schon habe ich auf der Wiese gelegen und mich gefragt, wie es wohl weitergeht. Den Blick dabei hoffnungsvoll nach oben gerichtet und darüber philosophiert, dass es womöglich egoistisch und naiv wäre anzunehmen, wir seien die einzige hoch entwickelte Spezies im Universum. Doch leider haben wir bis heute noch keinen Beweis dafür. Vielleicht ändert sich dieser Umstand ja eines Tages noch und wir geraten tatsächlich in Kontakt mit fremden Wesen von anderen Welten. Ich für meinen Teil bin davon überzeugt, dass Hunderte — wenn nicht sogar Tausende — Zivilisationen im Universum existieren und dass dies für uns nur so unvorstellbar ist, weil wir ihnen noch nicht begegnet sind.

Donnerstag, 18. September 2008

Es ist noch recht früh am Morgen. Noch nicht einmal acht Uhr. Das Frühstück habe ich bereits hinter mir und im Radio ertönt ein Lied der Band „Code Red". Der Song gefällt mir, auch wenn ich kein Wort verstehe, da er auf Russisch gesungen wird. Ich denke, es könnte sogar ein kommunistisches Lied sein, doch eine wirkliche Ahnung habe ich nicht. Dennoch strahlt er eine gewisse Botschaft und Energie aus, die mich irgendwie motiviert, in den Tag zu starten. Es ist sogar so, dass ich jedes Mal, wenn ich dieses Lied höre, am liebsten verstehen würde, worum es geht und letztendlich darüber nachdenke, ob es nicht gut wäre, eine neue Sprache zu erlernen. Doch ich schätze, da spricht wohl wieder dieser übermäßige Wissensdurst und Tatendrang aus mir. Denn meine Tage sind so vollgepackt, dass ich beim besten Willen nicht wüsste, wann ich solch einen Kurs noch belegen könnte, wenn ich es denn wirklich wollte. Der einzige Anker derzeit sind die gemeinsamen Abende mit meiner Frau, denn diese sind wunderschön und lassen mich auch ein wenig zur Ruhe kommen. Manchmal ist es, als würde sie einen Stecker bei mir ziehen oder sich die gesamte Welt etwas langsamer drehen, wenn wir gemeinsam auf der Couch liegen. Sie ist mein Ruhepol und genau das brauche ich nach einem anstrengenden Tag. Einfach mal entschleunigen.

Freitag, 19. September 2008

Ich hatte einen sehr skurrilen Traum, an den ich mich leider nicht mehr vollständig erinnern kann. Nur Bruchstücke sind mir geblieben und das Gefühl, dass alles unglaublich realistisch war. In den Nachwehen meiner Aufregung bin ich zum Notizbuch gegangen, um das hier niederzuschreiben. Es ist erst 5: 40 Uhr und ich kann eigentlich noch schlafen. Genau genommen sollte ich das auch, denn ich bin enorm müde und befürchte, mir fallen die Augen gleich wieder zu. Ich erinnere mich an zwei wunderschöne Damen. Eine davon war zu Anfang meine Frau, wandelte sich im Zuge des Traumes jedoch zu einer fremden Person mit blauen Augen. Das andere war eine noch jüngere Frau mit blonden Haaren und ebenso blauen Augen. Ich begreife nicht, was das bedeuten soll. Die beiden kamen mir überaus vertraut vor, auch wenn ich ihnen noch nie zuvor begegnet bin. Vielleicht wird dieser Zeitpunkt eines Tages noch kommen? Aber was hat es dann mit meiner Frau auf sich? Die Tatsache, dass sie sich gewandelt hat, erscheint mir irgendwie unheimlich. Entfremden wir uns etwa?

Montag, 22. September 2008

Es ist 9:45 Uhr und ich warte bei einem Kunden. Die gewünschten Geräte sind bereits installiert und alles funktioniert problemlos. Ich erinnere mich daran, durchgeschlafen zu haben, doch was ich geträumt habe, weiß ich nicht mehr. In letzter Zeit versuche ich immer, vor dem Einschlafen in eine Art Traum-Wach-Zustand zu gelangen. Leider schaffe ich das noch nicht immer. Doch so schnell gebe ich nicht auf. Mittlerweile übe ich jeden Tag und hoffe, dass eines Tages die Zeit kommt, in der ich mit meiner Gedankenkraft die Dinge in meinen Träumen bewusst lenken kann. In Fachkreisen nennt sich dies „luzides Träumen". Klarträume, bei denen man nach eigenen Entschlüssen handeln kann. Ich spüre, dass ich bald dazu in der Lage bin, auch wenn ich noch Einiges an Übung brauche. Was mich jedoch noch mehr beschäftigt und mir derzeit sogar wirkliche Sorgen bereitet, ist mein Geschäft „Cyberwars".

Es ist das passiert, was man sich am wenigsten wünscht für das eigene Unternehmen: die Kunden bezahlen nicht und allmählich sinkt meine Liquidität. Vielleicht hatte ich ihnen eine zu lange Zahlungsfrist eingeräumt. Ich muss definitiv kürzere Fristen setzen! Andernfalls gehe ich eines Tages Pleite. Ich werde künftig mehr Geschäfte mit Bar- oder Vorauszahlungen abwickeln müssen, wenn die Firma weiter fortbestehen soll. Der Zahlungsrückstand durch noch offene Rechnungen umfasst derzeit einen Wert von über zehntausend Franken. Es ist schlimm und das könnte mir eines Tages das Genick brechen. Ich muss das Problem mit der Liquidität unbedingt lösen. Zuerst ein Vermögen aufbauen, dann erst wieder neue Ware einkaufen. Was dabei immer wieder zu Schwierigkeiten führt, sind die Mindestbestellmengen. Durch diese fallen für mich enorme Kosten an. Für den Einkauf größerer Produktmengen muss ich sogar ein eigenes Lager unterhalten. Zudem benötige ich dringend einen DVD-Lieferanten, der über ein Shop-Tool verfügt und bestenfalls keine Mindestbestellmengen vorgibt und im Idealfall noch versandkostenfrei liefert. Ich werde mich also mit einigem auseinandersetzen müssen. Bleibt nur zu hoffen, dass alles gut geht.

Montag, 29. September 2008

Mein Smartphone zeigt 5:48 Uhr an, während ich mit meinem Lieferwagen vor der Garage zur Entsorgungsstelle stehe. Ich versuche, früh aufzustehen, um viel am Tag zu schaffen, denn die Arbeit erdrückt mich noch immer. Ständig steht etwas anderes auf dem Plan, heute ist es der Akku meiner Bohrmaschine, der plötzlich entscheiden hat, mich auf Trab zu halten. Ich habe keine Ahnung, was das soll, aber es blinkt dauernd und raubt mir den letzten Nerv. Wahrscheinlich ist das Teil kaputt, auch wenn sich mir der Grund nicht erschließen will. Vermutlich gehen manche Dinge einfach irgendwann in die Brüche. Ich höre derzeit wieder viel Musik und bekomme dadurch den nötigen Aufschwung.

Auch das letzte Wochenende hat dazu beigetragen, denn es war klasse. Der Sex mit meiner Frau war unglaublich und ich fühle mich großartig. Wie schon seit Langem schauen wir abends zusammen Stargate. Vielleicht liegt es daran, dass ich alle Folgen schon kenne, aber dabei bin ich gedanklich ganz woanders. Während sie die Sendung begeistert schaut, streichle ich ihr gedankenabwesend über die Schultern. Sie liebt das. Doch während sie genießt, mache ich mir Gedanken um Cyberwars. 59 Kunden haben bisher nicht bezahlt. Kein gutes Omen, doch noch bin ich zuversichtlich, dass alles eine positive Wendung nehmen wird und auch noch bessere Tage kommen werden. Cyberwars hat Potenzial und erfreut sich immer größerer Beliebtheit. Schon bald könnte die Firma noch größer sein und auf dem Markt an Ansehen gewinnen. Wenn das kein Grund zur Hoffnung ist.

Mittwoch, 05. November 2008

Ich habe gerade Mittagspause, sitze auf einer kleinen Anhöhe und genieße das wunderschöne Wetter. Die Sonnenstrahlen malen ein klares Bild in den Horizont. Ich atme tief durch und genieße einen Moment der Ruhe, in dem ich im Einklang mit der Natur sein kann. Ich bin gesund, es geht mir gut und für heute muss ich nur noch ein einziges Gerät installieren. Ich spüre wie die Wärme meine Haut erreicht und ein angenehmes Gefühl zurücklässt. Das Bauernhaus vor mir hat seine besten Tage bereits hinter sich. Doch wer ist nicht von den Spuren der Zeit geprägt? Irgendwie hat diese Aussicht in die Landschaft etwas Märchenhaftes an sich. Dort, wo gerade der Nebel einen Schleier durchs Tal zieht, etwas Verwunschenes. Ich versuche mir dieses Bild einzuprägen und irgendwie in meinem Geist zu prägen. Nicht nur diesen Anblick, auch die Ruhe, die er auf mich ausstrahlt. Ein letztes Mal wende ich mein Gesicht dem Licht zu und nehme noch ein bisschen der Wärme auf, bevor ich mich wieder an die Arbeit mache.

Samstag, 01. August 2009

Es ist 18 Uhr. Vor rund einer Stunde habe ich mit der 48-Stunden-Meditation begonnen. Ich habe lange nicht geschrieben, denn vieles hat sich verändert in den vergangenen Monaten. Dinge, von denen ich dachte, sie würden ewig halten, sind entzweigebrochen. Meine Firma und auch meine Ehe. Ich sitze in meinem dunklen Raum und fühle mich einsam. Ein für mich sehr fremdes Gefühl, war ich doch sonst immer von Leuten umgeben. Ich versuche zur Ruhe zu kommen und mich selbst zu finden, doch ich bin zu aufgewühlt. Der Drang, etwas zu unternehmen, und sei es nur irgendwelche elektronischen Geräte einzuschalten, um ein wenig Geräuschkulisse zu erzeugen, ist enorm. Doch ich halte dem Stand und konzentrierte mich allein auf das Kerzenlicht.

Nur meine wunderbaren kleinen Kater sind anwesend. Anfangs bemerkten sie meine Unruhe, aber inzwischen sind ihre Augen auf das Kerzenlicht fixiert. Ich trage keine Uhr um nicht andauernd nach der Zeit schauen zu wollen. Ebenso wenig habe ich überhaupt Kleidung an, damit ich mich körperlich nicht eingeengt fühle. Ich werde nun die Meditation beginnen und versuchen, mich völlig von allem loszulösen. Ich weiß nicht, wie lange ich jetzt schon in der Dunkelheit saß, doch ich schätze es ist etwa 05 Uhr. Die Kater verlangen nach Futter. Ich selbst ernähre mich von den Resten des Vortages. Zwischenzeitlich hatte ich sogar das Kerzenlicht gelöscht und ein wenig geschlafen. Zwar nicht besonders tief, doch ich fühle mich schon etwas ausgeruhter. Die völlige Dunkelheit ist sehr angenehm und entspannt mich. Dennoch kreisen meine Gedanken noch oft um eine Kollegin, von der ich mir mehr erhoffe als ein reines Arbeitsverhältnis.

Ich hätte nicht gedacht, dass ich sobald wieder dazu fähig sein würde, aber ich habe mich sehr in diese Frau verliebt. Oder bin ich doch nur in sie vernarrt? Irgendwie versuche ich mich selbst zu schützen.

Mein Herz tief zu begraben, damit sie es nicht brechen kann. Emotional treffen würde mich eine Abfuhr trotzdem, also bleibt mir zu hoffen, dass sie auch ein bisschen was für mich empfindet und mich nicht ablehnt. Meine Katzen haben die ganze Nacht bei mir gelegen.

Das Schnurren von White (mein Kater) war sehr durchdringend, hatte irgendwann den ganzen Raum erfüllt und mich auch müde gemacht. Vor einigen Stunden habe ich mit dem Lesen eines Buches begonnen. Der Inhalt ist ziemlich komplex und ich verstehe ihn kaum. In meinem Traum habe ich mit einem Freund gesprochen, der beim Lesen dieses Werkes anscheinend die gleichen Probleme hatte. Es sind nun bereits 24 Stunden vergangen. Ich weiß es sicher, weil ich es nicht länger ausgehalten und nun doch einen Blick auf die Uhr riskiert habe.

Zeit, etwas Licht ins Zimmer und frische Luft, um neue Energie zu schöpfen. Vorhin habe ich sogar kurz mein Mobiltelefon eingeschaltet, in der Hoffnung, dass diese eine Kollegin mir geschrieben hat. Aber leider habe ich noch immer nichts von ihr gehört. Ein Umstand, der sehr schmerzt. Habe ich diesen Menschen doch lieb gewonnen. Nun bleiben mir nochmals 24 Stunden auf meinem Pfad zur Selbstfindung und inneren Ruhe.

In dieser Zeit werde ich viel nachdenken können. Ich weiß nicht, ob es etwas bringt. Inzwischen bin ich mir nicht einmal mehr sicher, was ich mir davon erhoffe. Aber die Ruhe tut gut, so viel ist sicher. Ich werde nun das Buch weiterlesen. Ich glaube, ich habe nun soeben eines meiner Hauptprobleme erkannt:

Ich bin ein Mensch, der sehr viele Ideen und Visionen vom Leben und der Zukunft hat. Nicht nur an andere habe ich sehr hohe Erwartungen, sondern auch an mich selbst und stecke mir ständig neue Ziele. Taucht nun ein Problem auf oder ergibt sich ein sonstiges Hindernis, dass meine Wünsche von meinen Vorstellungen trennen, entsteht ein innerer Konflikt in mir. Ein Streit zwischen der Vernunft dem Willen, meinen Kopf durchzusetzen. Für einige Zeit mag ich es aushalten können und gut damit umgehen. Wird es jedoch zu viel und häufen sich zu viele Dinge an, dann werde ich stur und egoistisch. Ich gerate in einen Tunnelblick und mein Handeln wie auch mein Denken fokussieren sich nur noch auf mich, ohne Rücksicht auf Verluste.

Freitag, 4. September 2009

Heute war es ein hin- und herfahren zwischen zwei Lokalen in Zürich. Ein ziemlich langweiliger Tag, dachte ich zuerst. Aber aus dem zunächst eher eintönigen Abend wurde dann doch noch eine recht gesellige Runde. Vor allem dank der vielen interessanten Gespräche und einigen neuen Bekanntschaften. Und wenn mir an diesem Abend etwas bewusst geworden ist, dann Folgendes: Ich versuche mich an Menschen, insbesondere Frauen, zu hängen.

Das heißt, dass ich mich immer wieder dabei ertappe, die Gesellschaft von Frauen zu suchen, die zu meinen Wünschen passen. In meinem Kopf formt sich bereits die Illusion einer „perfekten Partnerin", die nichts anderes verkörpert als meine Idealvorstellung. Diese bleibt solange bestehen, bis es derjenigen zu viel wird. Ich glaube mittlerweile sogar daran, dass ich eine sehr fordernde und einnehmende Persönlichkeit habe. Interessant ist auch der Aspekt, dass ich genau in diesem Moment, in dem ich in die Offensive gehe, andere krank werden. Das geht sogar bis zu der klaren Ansage, dass der Kontakt mit mir zu viel wird, man nichts mehr mit mir zu tun haben will.

Dies bestätigt mir, dass ich oftmals zu erwartungsvoll mit meinen Ansprüchen bin und nur wenige damit umzugehen wissen. Vermutlich hat es auch mit meinem eigenen Perfektionismus zu tun, den ich versuche auch anderen abzuverlangen und sie damit förmlich erdrücke. Immerhin ist meine Selbstwahrnehmung nun klarer, auch wenn diese Pille recht bitter schmeckt.

Donnerstag, 17. September 2009

Mein Handydisplay zeigt 5 Uhr an. Ich war die letzten zwei Stunden draußen unterwegs. Ein ausgedehnter Spaziergang, um meine Gedanken zu sortieren. In letzter Zeit überkommen mich oft seltsame Gefühle. Ich suche körperliche Nähe und Geborgenheit, ich vermisse die Zweisamkeit, ich … vermisse meine Frau. Ein Eingeständnis mit fadem Beigeschmack. Aber braucht nicht jeder Mensch die Bestätigungen von anderen?

Immerhin sind wir eine soziale Spezies und schließlich kann ständige Einsamkeit zu psychischen Problemen führen. Klar gibt es Einzelkämpfer, aber jeder Mensch braucht ein soziales Umfeld. Ich ertappe mich dabei, den vergangenen Abend zu analysieren. Es gab Alkohol und Gespräche, aber keine Befriedigung. Man bezahlt Geld für etwas, was man eigentlich nicht braucht.

Die Atmosphäre war dennoch entspannend, was wohl dem Alkohol geschuldet war. Ich habe meine Kollegin nach Hause gebracht. Leider ist sie momentan nicht mehr als das: eine Kollegin. Der Schlafentzug lässt mich in einen seltsamen Zustand verfallen, der mit einem Alkoholrausch vergleichbar ist. Meine Kollegin bezeichnet mich als sehr „feinen" Menschen. Also frage ich mich, wie ich auf andere wirke? Reserviert, distanziert, ruhig. Ich habe mich zurückgelehnt, auf ihrem Sofa gesessen und mich beherrscht. Zunächst. Doch wir hatten schließlich beide etwas getrunken und kamen uns näher. Doch wir waren beide nur Menschen und brauchten beide Zweisamkeit. Der Alkohol half dabei die Schranken abzubauen und so ... kamen wir uns näher.

Freitag, 18. September 2009

Ich bin wütend und aggressiv. Ich habe erfahren, dass sich ein Freund an meine Kollegin ranmacht. Dabei empfindet er nicht einmal annähernd dasselbe für sie wie ich. Er will sie nur ins Bett kriegen. Triebgesteuert wie ein Tier, ohne körperliche Beherrschung. Er schmeichelt ihr, ist berechnend und weiß genau, was er tut. So jemand kann mir gestohlen bleiben. Ich werde die Freundschaft beenden. Ich brauche niemanden um mich, der sich so rücksichtslos verhält und glaubt er könnte sich alles nehmen. Heute kam auch eine Mahnung ins Haus.

Eine Rechnung, die meine Ex-Frau vergessen hat zu bezahlen. Bravo. Ich bin sauer darüber, wie oberflächlich und egoistisch die Menschen sind. Vermutlich bin ich einfach viel zu nett. Ich unterdrücke meine Wut, denn es hat keinen Sinn. Ich kann die Menschen nicht ändern, nur wie ich mit meinen Gefühlen umgehe. Schreien, wenn ich allein bin, den Ärger rauslassen, um nicht daran zu ersticken. Danach geht es mir besser.

Samstag, 19. September 2009

Ich war gestern auf einem Konzert der Band „Faun". Es war gut, wenigstens glaube ich das. An viel erinnere ich mich nämlich nicht mehr. Ich habe getrunken. Viel. Zu viel ... Mir ist nur noch bewusst, dass ich wohl mit zu meiner Kollegin nach Hause gegangen bin, denn dort bin ich heute früh wieder aufgewacht. Ich kann mich nicht erinnern, jemals so einen Absturz gehabt zu haben. Ich muss dringend etwas ändern.

Sonntag, 20. September 2009: Anonymes Zitat

„Der Unterschied zwischen einem Drogen-Erlebnis und dem erhöhten Bewusstsein, dass durch Meditation erlangt werden kann, besteht darin, dass Letzteres völlig in der Kontrolle des Meditierenden liegt. Ich brauche keine Drogen, denn ich kann meditieren."

Traumtagebuch

Montag, 01. Februar 2010

Ich lernte zwei Männer kennen, die mich dazu verleitet haben, einen Banküberfall zu planen. Wir gingen alles ins kleinste Detail durch. Den Tresor hatten wir mit einer Kette fixiert und ihn aus der Halterung gezogen. Irgendwie bekam ich mit, dass mich meine Partner übers Ohr hauen wollten. Ich blockierte die Fußpedale und sprang aus dem Transporter, bevor dieser schneller wurde. Das Fahrzeug kollidierte kurz darauf mit anderen. In der Zwischenzeit floh ich über einen Rebberg, ein unbekannter Mann half mir dabei. Während ich lief, kam ein anderer Mann auf mich zu und fragte mich, ob ich Steve Schild sei.

Ich sagte ‚Ja'. Darauf bat er mich, ihm in sein Haus zu folgen. Seine Frau empfing mich freundlich. Wir aßen zusammen und währenddessen erzählte er mir von seinen Erfahrungen im Krieg. Er sagte, er hätte danach Lotto gespielt und 17 Mio. gewonnen. Dieses Geld wolle er nun mir hinterlassen, da ich ein Nachkomme von ihm sei. Er meinte, ich verfüge über sehr viel Potenzial und er wolle mich daher fördern. Ich wurde vor Freude fast ohnmächtig. Zwei Tage später gewann ich tatsächlich im Lotto: 1000.- CHF.

Mittwoch, 10. Februar 2010: Ein Traum

Ich war gemeinsam mit vier Freunden in einem Tempel. Dort wurde ich vor eine Apparatur gestellt, eine seltsame und mir unbekannte Konstruktion. Es hieß dann, ich müsse vier Freunde opfern, damit sich mein Geist für das Wissen öffnen kann. Die Entscheidung wäre hart und schmerzhaft, bringe mich im Leben dafür aber weiter. Meine Freunde betraten die Konstruktion und je eine Kugel zertrümmerte deren Kopf. Woraufhin ich frei war. Doch was sollte ich jetzt mit dieser Freiheit anfangen? Wozu das Ganze? Als ich aufgewacht bin, habe ich mich gefragt, ob ich mich wirklich von ihnen trennen könnte und wie viel es mir ausmachen würde, wenn ich sie plötzlich nicht mehr um mich hätte. Ich kam zu keinem klaren Schluss. Irgendwie mag ich sie alle. Auf der anderen Seite könnte es aber auch sein, dass falsche Freunde unter ihnen sind. Immerhin wurde ich schon mehr als einmal von Leuten enttäuscht, die ich für meine Freunde gehalten habe. Traum 2: Es hatte eine Weile gedauert, bis ich danach wieder einschlafen konnte. Doch nach dem Aufstehen habe ich mich auch an den zweiten Traum erinnert. Zwar nicht mehr an die Details, doch ich bin mit dem Gefühl aufgewacht, dass eine eifersüchtige und böse Person mir schaden will. Ich kenne diesen Menschen jedoch nicht. Meine innere Stimme rät mir aber, in den nächsten Tagen vorsichtiger zu sein.

Freitag, 12. Februar 2010:
Bogenschießen, der Traum

Ich war an einem mir unbekannten Ort, der sich mitten in der Natur befand. Rundherum war ein Wald. Eine Art Lichtung also. Vor mir stand ein großer Baum, an dem ineinander geschlungene Kreise gemalt waren wie eine Zielscheibe. Einer meiner Freunde war auch dort und zeigte mir, wie man mit einem Langbogen schießt. Ich konnte das Holz an meinen Fingern fühlen und spannte nach seiner Anweisung einen Pfeil darauf. Ich glaubte nicht daran, dass mir das irgendetwas bringen würde.

Doch er hatte mich schließlich überredet und meinte auch, dass es weniger um das Schießen, sondern mehr um die innere Ruhe gehen würde. Zwar wusste ich nicht, wie mir das in irgendeiner Weise helfen sollte, aber ich versuchte es einfach. Noch etwas verkrampft aber konzentriert spannte ich die Sehne, stabilisierte meine Füße auf dem Boden, atmete durch und hielt die Luft an, als sich mein Finger von der Sehne löste. Der Pfeil flog davon und traf sein Ziel, genau in die Mitte. Es war ein schreckhaftes Aufwachen. Meine Augen öffneten sich sanft und ich fühlte mich merkwürdig befreit und erleichtert. Als würde ich in meiner Matratze schweben und sämtliche Sorgen und Ängste wären gemeinsam mit dem Pfeil einfach durch die

Wälder fortgeflogen. Wieder fragte ich mich, was das zu bedeuten hatte. Sollte ich vielleicht etwas loslassen? Mich etwas Neuem zuwenden?

Sonntag, 14. Februar 2010: Italien, der Traum

Wieder war ich an einem entfernten Ort und wieder war ich nicht allein in meinem Traum. Diesmal war es Italien. Die Leute dort waren gut gekleidet. Ich erinnere mich, dass ich mal gehört hatte, in Italien zeigt man gerne, was man hat. Die Straßen wirkten mittelalterlich. Es gab einen Marktplatz mit vielen Tauben und einem großen Brunnen in der Mitte. Der Freund, der bei mir war, hatte plötzlich kein Gesicht mehr und mit einem Mal herrschte überall Panik bei den Leuten. Ein Vulkan brach aus. Der Knall ließ meine Ohren fiepen und die Luft zitterte durch das Grummeln. Die Explosion war gewaltiger, als alles, was ich bisher erlebt hatte. Wir mussten fliehen, und ehe wir uns versahen, standen wir auf einmal in einem U-Bahn Stollen.

Erst dachte ich, das wäre gut, denn immerhin waren wir nun weg von der Gefahr. Aber schon gleich darauf bildete sich eine Pfütze unter meinen Füßen. Innerhalb von Sekunden lief der Tunnel voll mit Wasser. Eine Durchsage ertönte und warnte davor, dass die Flüsse leer waren und es bald keine Fische mehr geben würde. Wir rannten immer schneller und sahen nicht zurück. Irgendwann kam ich in einem merkwürdigen, leeren Raum an, jedoch ohne meinen Freund. Dort traf ich die Schauspieler von Stargate und sprach mit diesen über die Serie, als wäre nie etwas Schlimmes passiert. Wir unterhielten uns für eine Weile und ich fragte einen von ihnen, ob er echt sei. Darauf antwortete er mir, dass er nur eine Traumfigur von mir wäre. Ich verließ das Zimmer und war wieder mit meinem gesichtslosen Freund auf der Flucht. Wovor diesmal weiß ich nicht, aber wir rannten auf das Meer zu. Ein japanisches Boot lag vor Anker und wir zögerten nicht, stiegen ein, machten es los und fuhren davon, gemeinsam.

Sonstige Ereignisse

Montag, 15. Februar 2010: Das Experiment mit dem Ouija-Brett

Schon immer war ich von der Magie und allem Mystischen fasziniert. Daher habe ich heute Nacht beschlossen, ein Experiment zu wagen. Ich habe mir ein OuijaBrett besorgt. Ein Hilfsmittel, um mit Geistern in Kontakt zu treten. Es besteht aus Holz, in das eine Art Alphabet-Tafel hinein gefräst wurde. Ebenso die Ziffern von eins bis neun und die Worte Ja und Nein, Ich warte, Warum, Ende und Danke. Natürlich habe ich mich zuvor belesen und erfahren, dass schon durch die Vorstellung der Wahrnehmung einer Bewegung das motorische Zentrum im Gehirn aktiviert wird. In der Folge vollziehen die eigenen Muskeln die vorgestellte Bewegung schon durch kleinste Impulse.

Diese werden von unserem Unterbewusstsein gesteuert, und zwar mit so wenig Druck, dass wir tatsächlich das Gefühl haben, als würde sich die eigene Hand von selbst in Bewegung setzen und den Zeiger führen. Dennoch wollte ich es ausprobieren und war sehr gespannt auf die Botschaften, die mir entweder von einem Geist mitgeteilt werden oder aber mein eigener Geist mir vorspielt als würde dieser mein Unterbewusstsein wie einen PC auslesen. Um mich in die richtige Stimmung zu versetzen, habe ich nur ein kleines Licht angeschaltet und mich von allen störenden Geräuschen abgeschottet. Keine Musik, kein Fernseher, keine sonstigen Störquellen. Selbst mein Handy habe ich auf stumm geschaltet.

23:30 Uhr:
Keine Anzeichen eines Geistes. Ich fühle mich völlig allein und komme mir sogar ein bisschen albern vor.

23:33 Uhr:
Nachdem ich mich ein bisschen gesammelt habe, wage ich den ersten Versuch. „Bist Du da?", frage ich in die Stille hinein und erhalte kurz darauf eine Antwort. Meine Hand steuert zum Wort Ende.

23:54 Uhr:
Nochmal versuche ich, den Geist zu rufen. „Bist du da?" Immer noch erhalte ich keine Antwort und beende die Sitzung vorerst.

00:13 Uhr:
Ich bekomme ein seltsames Gefühl als sei noch jemand anwesend und würde mich jetzt gerade beobachten. Eine Gänsehaut hat meinen Arm überzogen und mir ist die ganze Sache etwas unheimlich. Trotzdem will ich das Brett erneut befragen.

00:18 Uhr:

„Was willst du mir mitteilen?", frage ich in den vielleicht doch nicht ganz so leeren Raum hinein. Meine Hand verbindet Buchstaben, die zusammen keinen Sinn ergeben: ULEV. „Ist das dein Name?", fragte ich weiter. Meine Hand mit dem hölzernen Zeiger bewegt sich erneut: JACK. „Aus welchem Jahr stammst du?" 860. „Was willst Du mir mitteilen?" Antwort: Warum? „Soll ich die Sitzung abbrechen?" Ja.

Fazit:

Halten wir fest, es war wohl tatsächlich mein Unterbewusstsein, welches das Holzstück in meiner Hand gelenkt hat. Oder vielleicht war es auch ein Geist, der dem Deutschen nicht mächtig war.

Donnerstag, 18. Februar 2010: Das Gesetz

Zeit, ein paar Glaubenssätze festzuhalten:
Ich bin durchsetzungsfähig.
Ich sage meine Meinung.
Ich löse die Dinge auf meine Art.
Ich tue das, was ich für richtig empfinde und stehe dazu.

Ich lebe nach meinen eigenen Maßstäben.
Ich lasse mich von den Ansichten anderer nicht
negativ beeinflussen.
Ich vertrete meine eigene Meinung.
Ich bin ein lebensfroher und optimistischer Mensch.
Ich bin voller Energie und Zuversicht.

Mittwoch, 14. April 2010: Zusammenfassung aus dem Buch der Freimaurer

Der 24. Juni 1717 gilt als offizielles Gründungsdatum der modernen Freimaurerei. Der Überlieferung nach wurde damals in London die erste Großloge gegründet. Modern deshalb, weil sie irgendwann auch begannen, Männer aufzunehmen, die keine Steinmetze waren. Männer von Ehre und Rechtschaffenheit. Schon seit dem Mittelalter wurde in die maurerischen Konstitution Manuskripte ein Kodex des gewerblichen und sittlichen Verhaltens aufgenommen. Vermeidet: Zank, Streit, Lästerung und Nachrede. Erlaubt jedoch nicht, einen Bruder zu verleumden. Im Brauchtum der Freimaurer werden vielerlei Symbole verwendet. Der ‚raue Stein' steht dabei sinnbildlich für den Menschen selbst. Nämlich so, wie er ist, bevor er beginnt, an sich zu arbeiten.

Die Lehren werden in verschiedene Grade unterteilt.
Der 1. Grad ist für Lehrlinge bestimmt und beschäftigt
sich mit der Selbsterkenntnis. Schaue in Dich.
Erkenne, wer du wirklich bist. Erkenne den
schöpferischen Funken in dir, die verborgenen
Talente. Behaue den ‚rauen Stein'.

Donnerstag, 08. Juli 2010: Gedanken an meine Freundin

Gegen 2 Uhr habe ich mir leise Musik angestellt,
weil ich nicht einschlafen konnte. Irgendwann klappte
es dann doch und ich habe sogar geträumt, erinnere
mich aber nicht mehr. Seit etwa 09 Uhr bin ich wach.
Die Raumtemperatur ist mir nachts immer noch zu
hoch. Ich hoffe auf den nächsten Regen, damit es sich
bald ein wenig abkühlt. Nachdem ich aufgestanden
war, hatte ich riesen Kohldampf. Ich versuche mich
derzeit an einen neuen Ernährungsplan zu halten,
schätze aber, ich muss mich erst noch eingewöhnen.

Am Nachmittag habe ich Predator im Kino
geschaut. Der Film hatte mir gut gefallen. Vor allem
die Technologien waren es, die mich begeistert
konnten. Später ging es dann noch zur Abendschule.
Als ich um 21:45 Uhr nach Hause fuhr, überfiel mich
ein komisches Gefühl. Eine innere Unruhe, die mir

weiß machen wollte, dass irgendetwas passiert war. Kaum angekommen, telefonierte ich mit meinem Schatz. Vor mir stand ein Teller mit Magerquark und mein Mineralwasser. Meine Freundin meinte, es sei schade, dass sie mich übers Internet nicht sehen konnte. Ich mag derzeit aber lieber nur telefonieren. Der Computer läuft bei mir kaum noch.

Freitag, 09. Juli 2010: Die Scheidung steht an

Die Scheidung steht vor der Tür. Schon bald ist es endlich soweit und ich bin wieder frei. Ich bin heilfroh, wenn das alles durch ist, denn ich bin bereits voller neuer Liebe und möchte mich damit nicht mehr befassen müssen. Ein seltsames Gefühl ist es dennoch. Immerhin hatte ich für meine Ex-Frau ja auch einmal so stark empfunden. Doch ich denke, inzwischen bin ich gut über die Trennung hinweg und freue mich schon auf das Neue.

Dienstag, 20. Juli 2010: Der Brief

Der Scheidungsbrief ist beim Gericht eingetroffen.
Jetzt dauert es nur noch wenige Tage, dann ist alles
vorbei. Es ist ein gutes Gefühl, wenn ich daran denke.
Als wäre ich eine Altlast endlich los und würde einen
inneren Abschluss für mich finden.

Ich als Ovate bei den Druiden: Wie alles begann und endete.

März 2015: Die erste Konversation beginnt

Es begann im Jahr 2015, als ich jene E-Mail bekam, die mein Leben verändern würde. Welche Auswirkungen diese Nachricht haben sollte, war mir damals nicht bewusst. Ich war 31 Jahre jung und stand mit beiden Füßen fest auf dem Boden. Bis dato ahnte ich zwar, dass sich eines Tages alles verändern würde, doch in welchem Ausmaß dies geschehen sollte, konnte ich mir beim besten Willen nicht vorstellen. Ich saß gerade auf meiner Couch, als mich der Text, welcher nicht gerade kurz war, erreichte über das Mail-Fach meines Laptops erreichte. Es war eine dieser E-Mails, die man nicht einfach so überfliegen konnte, da man an jeder Zeile klebte, die man las. Zu diesem Zeitpunkt war ich Ovate, ein Lehrling der Druiden im ersten Grad. Aufgeregt inhalierte ich die Sätze des Druiden und spürte, wie mir ein kalter Schauder über den Rücken lief. Seiner Überzeugung nach würde sich die Welt, wie wir sie kennen, in einigen Jahren schon sehr stark verändern. Mir war schon lange bewusst, dass Veränderungen unausweichlich bevor stünden. Doch ich hatte bislang keine Idee davon, was für ein Ausmaße das alles annehmen könnte. Der Inhalt der E-Mail fühlte sich wie einen Peitschenschlag auf meinen Geist an. Mein ganzer Körper begann zu zittern und ein Unwohlsein stieg in mir auf, dass ich bis dahin nicht kannte. „Kann das sein?", fragte ich mich und las weiter. „Ist es wirklich so schlimm?" Der Text war vollgestopft mit Informationen und las sich wie ein Horror Drama mit neuen Staaten, neuen Regierungsformen und ebenso neuen Religionen. Die Welt sollte sich schon bald wandeln. Ein Prozess, der jeden betreffen würde. „Wie zu Hölle kann der Absender das wissen?", dachte ich mir. „Das kann nicht sein. Oder doch?" Ich las die Botschaft zu Ende und saß danach fassungslos auf meiner Couch. Meine Hände zitterten und mein Geist war hellwach. Zwar verstand ich nur Bruchstücke, von dem, was dort geschrieben stand, doch wenn es auch nur im Ansatz stimmte, dann müsste sich was ändern. Und zwar dringend! Nach einigen Minuten besann ich mich wieder und meine Gedanken kehrten zur Realität zurück. Dies war der Tag, der alles veränderte.

Der Druide:

„Die Welt wird durch die Mächtigen neu geordnet, indem sie eine Drei-Block-Gesellschaft aufbauen. Genau, wie die seinerzeit von langer Hand gegründete Zwei-Block-Gesellschaft (Ost-West-Konflikt zwischen dem Kommunismus und Kapitalismus) ein künstlich errichtetes Modell gewesen war. Somit soll in Zukunft durch die permanente Spannung zwischen den drei divergierenden ideologischen Blöcken Amerika (Kanada bis Südamerika unter der Führung der USA), Asien (ganz Asien unter der Führung von China) und Europa (von Skandinavien bis nach Nordafrika und von Portugal bis nach Sibirien) Geld gemacht werden. Der afrikanische Kontinent wird dabei für alle zum Spielball und Ausbeute-Block.

Um dieses Ziel zu erreichen, werden in allen drei Systemen, für die es im kulturellen Sinne noch keine ideologischen Bezeichnungen gibt, zunächst Diktaturen errichtet. Denn nur unter restriktiven politischen Gebilden lässt sich ein solch globales Vorhaben überhaupt umsetzen. Und nun rate mal, welche Diktatur dabei das Zepter für uns Europäer führen wird?"

Diese Mail war der Anlass dazu, mich zu entscheiden, was ich wirklich machen will: ein Teil der Elite werden. Es war noch nie mein Wunsch gewesen, einfach nur ein Soldat zu sein, denn schon von klein auf wollte ich die Wahrheit erkennen und im Hintergrund die Fäden ziehen. Die Druiden waren schon immer eine geistliche Elite, doch die heutigen Orden haben ihre Herkunft vergessen. Viele sind mit der Zeit müde und bequem geworden. Und schon immer war es die Bequemlichkeit der Menschen gewesen, welche die Räder des Fortschritts zum Stehen brachte. Doch jedes Mal, wenn jemand Neues mit Visionen kam, mussten zunächst die alten Denkmuster gesprengt werden. Es war nie einfach gewesen, etwas Neues zu schaffen, denn wenn es das wäre, würde es jeder tun.

Ich bin nun 32 Jahre jung, und ich entscheide mich für den Pfad des Druiden. Ich bin mir bewusst, dass dieser Weg streng sein wird und lange andauert, doch eines Tages werde ich mein Ziel erreichen und vielleicht sogar die Welt ein Stück weit verändern können. Ich habe meinen Druiden gefunden. Er wird mich leiten und ich vertraue ihm.

Oktober 2016

Meine Freundin ist hochschwanger und es sind nur noch vier Wochen bis zum Geburtstermin. Ich bin nervös und aufgeregt, doch schon bald wird das Warten ein Ende haben. Mein Mobiltelefon ist permanent auf „laut" gestellt, damit ich DEN Anruf nicht verpasse und jederzeit für die erreichbar bin. Meine Sinne sind so geschärft wie schon lange nicht mehr. Sowohl mein Körper als auch mein Geist sind hellwach. Jeden Moment kann es soweit sein. Wird es früher oder später kommen? Das Kind, welches mich aus dem Kosmos rief, hat sich vor 9 Monaten während der Inkorporation vom kosmischen Bewusstsein zum Materiellen manifestiert. Doch wie komme ich überhaupt auf diese Begrifflichkeiten? Was geschah am zweiten Wochenende im Oktober 2016?

Es war ein Freitag und kurz nach der Arbeit fuhr ich nach Hause. Sichtlich und spürbar gestresst vom Arbeitstag begrüßte ich meine Freundin, eine körperlich und geistig starke Frau mit wohlgeformten Körper, einem atemberaubenden Lächeln, dass sich in ein wunderschönes Gesicht zeichnete und einer Ausstrahlung, die viel Energie und Stärke ausstrahlt. Meine Freundin, eine unglaublich tolle Frau. Sie wird die Mutter meines Kindes werden und schon allein der Gedanke daran ist traumhaft. Nach der obligatorischen Begrüßung meiner Frau, wurden natürlich auch der runde Babybauch und die beiden Kater begrüßt. Sie alle sind sehr verschmust und ich erwarte es bei meinem Kind nicht anders. Ich machte mich nun also nach der gewohnten Willkommenszeremonie auf ins Badezimmer, um mich frisch zu machen. Mein bevorstehender Flug sollte schon bald starten und ich musste noch mit der Bahn zum Flughafen fahren. Es war genügend Zeit, doch ans Entspannen konnte noch nicht gedacht werden. Generell bin ich kein ausgeglichener Typ, eher im Gegenteil. Mir fällt es sogar sehr schwer, überhaupt einmal zur Ruhe zu kommen. Ich stehe immer unter Strom, bin immer auf

Achse und ich liebe das umtriebige Aktivsein einfach zu sehr. Nun hieß es also los, ab zum Flughafen mit mir. Meine Freundin begleitete mich und es war schon eine interessante Erfahrung, dass mir der Abschied noch schwerer fiel als üblich. Immerhin trägt sie ein Kind in sich, unser Kind. Ich passierte die Sicherheitskontrolle, lief zum Gate und wartete auf den Flug. Beim Boarding fühlte ich mich wie in einem Film, bei dem nicht an klischee behafteten Statisten gespart wurde: das schreiende Kind, die nörgelnde Asoziale, der genervte Business Mann und so weiter. Ich hatte das Glück, alleine zu sitzen. Ich bekam sogar einen Snack. Wow, wer hätte das gedacht? Anscheinend hatte ich das zusätzlich gebucht und wieder vergessen. Na kein Wunder bei meinem stressigen Alltag. Aber auch so bezahlte ich immer gern für Extraleistungen, die einem das Leben ein bisschen angenehmer machen. Nach der Landung befand ich mich in Hamburg und dort stand er bereits und wartete auf mich. Da scheint wohl tatsächlich etwas dran zu sein, an der deutschen Pünktlichkeit. Ich hatte diesem Tag schon lange aufgeregt entgegen gesehnt, doch jetzt war es endlich so weit. Im ersten Augenblick erkannte er mich nicht, dann brach das Eis. Da war er nun, der hochgewachsene Druide mit seiner autoritären aber herzlichen Ausstrahlung und begrüßte mich äußerst freundlich. Er überreichte mir eine Wasserflasche und freute sich sichtlich, mich nun endlich kennenzulernen. Mir erging es ebenso, doch wie immer hielt ich mich in meinen Emotionen zurück. Es ist typisch für mich, eine gewisse Distanz zu anderen zu wahren. Vor allem, wenn ich sie gerade erst kennenlernte. Ich bin jedoch nicht schau oder schüchtern, vielmehr ist es meine Art, den Anstand oder Respekt der Person gegenüber Ausdruck zu verleihen. Wir fuhren gemeinsam in Richtung Unterkunft und sprachen unterwegs über die letzten Tage, den Flug und die Gesundheit. Dabei kamen viele interessante Details und Gemeinsamkeiten kamen zur Sprache. „Warum zur Hölle sind auf einmal so viele Parallelen da?", fragte ich mich, ging aber nicht näher darauf ein. Ich hörte zu und ließ meinen Geist das Gehörte verarbeiten. Das war meine Strategie fürs Wochenende: Zuhören, beobachten und analysieren. Denn Schweigen ist Gold. Nicht, dass ich nicht viel zu berichten hätte, aber mit gezielten Fragen kamen interessante Themen zum Vorschein. Wir trafen in der Residenz des Druiden ein und er zeigte mir mein Schlafgemach. Er hatte mir ein Zimmer in seinem Gewölbe hergerichtet, sauber gebettet mit hohen Wänden und diffusem Licht. Unzählige Bücher waren ordentlich und sortiert in einem Regal neben dem Bett aufgestellt. Herrlich. In den nächsten Tagen werde ich mir einige Bücher hervornehmen und lesen. Ich verstaute sogleich mein Gepäck und ging wieder zurück ins große Wohnzimmer. Es war beeindruckend. Auf dem Tisch lagen uralte Bücher. Eines davon sah ich mir genauer an, es war das Buch der Weltsprache. Eine allumfassende Sprache, die vor einigen Jahrzehnten entwickelt wurde, um nebst den landesüblichen Sprachen noch eine Weltsprache zu haben. Eine Sprache, die jeder einfach erlernen konnte. Auf dem Buchband standen die Buchstaben I. D. O. – der Name dieser Weltsprache. Was diese drei Buchstaben noch bedeuten sollten, erfuhr ich am nächsten Tag. Am Tisch sitzend gab mir der Druide einen Würfel in die Hand mit der einfachen Aufforderung: „Bitte wirf den Würfel dreimal." Aus welchem Grund, erklärte er mir nicht. Ich umschloss ihn zunächst mit meiner Hand und erfühlte dabei die kalte, glatte Oberfläche. Meine Hand bewegte sich langsam und ich sah zu, wie der Würfel hinab glitt. Dreimal nacheinander würfelte ich, während mich eine geheimnisvolle Atmosphäre für Millisekunden in Trance versetzte. Der Druide notierte sich die Zahlen und schaute mich an. Sein Ausdruck war dabei ernst und verwundert zugleich. „Ungleichgewicht, Orale Phase. Nicht im Zentrum", sprach er mit ruhiger Stimme. Kein Wunder. Schließlich war ich schon seit einigen Wochen nicht mehr richtig auf der Höhe. Zwar ging es mir nicht grundsätzlich schlecht, doch ich hatte mich schon energievoller gefühlt. Woran konnte das legen? Fehle mir etwas? Hatte es vielleicht etwas mit meiner Ernährung zu tun? War es der Dauerstress? Ich weiß bis heute nicht, was der ausschlaggebende Punkt gewesen ist. Wir ließen den Abend ausklingen und gingen dann alsbald ins Bett.

Ich wünschte allen eine angenehme Nacht und schlenderte die Wendeltreppe in das Gewölbe hinunter, um in meinem Gemach zu schlafen. Ich war hundemüde und rief meine geliebte Freundin an. Wir wünschten uns ebenso eine gute Nacht und nur wenige Minuten drauf schlief ich tief und fest und versank in der Traumwelt.

Es war Samstagmorgen, mein Wecker klingelte und riss mich wie ein Sog aus dem Traum zurück in die Realität. Ich schaute auf die Uhr, sie zeigte 09:00 an. Eine für mich eher frühe Zeit, denn ich bin ein Langschläfer und nutze die Wochenenden normalerweise ausgiebig, um nachzuholen, was mir unter der Woche an Schlaf fehlt. Nun gut. Das Aufwachen fiel mir diesmal nicht sonderlich schwer, denn ich war hoch motiviert und freute mich auf den Tag. Also legte ich die kuschelige Bettdecke beiseite und machte das Bett. Ich hatte eine erholsame Nacht hinter mir und sehr gut geschlafen. Ungewöhnlich gut sogar, hatte es mir in den letzten Tagen doch oft an Schlaf gemangelt. Ich fühlte mich erholt und war bereit, für das, was kommen mochte. Im Badezimmer duschte und rasierte ich mich und putzte mir die Zähne. Ein Morgenritual, damit ich mich letztendlich wacher fühle, und es half auch dieses Mal. Ich lief langsam den Korridor entlang und stieg die Wendeltreppe hinauf. Aus dem Esszimmer herrschte bereits reges Treiben und Geräusche drangen zu mir vor, noch ehe ich dort war. Der Druide und die Druidinnen waren bereits wach und der Frühstückstisch reichhaltig eingedeckt. Ich freute mich über den Anblick, bekam aber zugleich ein schlechtes Gewissen. „Ich bin doch in keinem Hotel", dachte ich mir. Diese Freunde betrieben meinetwegen einen ganz schönen Aufwand. Ich ging zum großen runden Tisch und nahm Platz. Nicht lange und da wurde ich auch schon nach einem Kaffee gefragt. Ich erwiderte und bedankte mich freundlich für das leckere Frühstück. Ich freute mich über die Gastfreundschaft, was für tolle Leute.

Die warme Kaffeetasse in den Händen haltend, nahm ich meinen ersten Schluck. Das Koffein drang in meinen Körper, gab mir zusätzliche Energie und ließ meinen Geist nun ebenfalls hellwach werden. Ich strich mir ein Butterbrot, beschmierte eine Hälfte mit Honig und belegte die andere mit Käse, ehe ich abbiss, und genoss die Geschmacksexplosion auf meiner Zunge. Die angenehmen Aromen von Honig, Käse und Butter lösten in meinem Mund ein regelrechtes Feuerwerk aus. Ich, der so wenig Zucker und Kohlenhydrate aß, genoss es diesmal in vollen Zügen. „Das wird mich hyperaktiv machen", glaubte ich. Zucker war die allergrößte Droge überhaupt und gar niemand konnte sich vor ihr verstecken. In nahezu allen Lebensmitteln und fast allen Getränken steckt dieses industriell gefertigte weiße Gold. Billig und einfach in der Herstellung, zugleich aber auch die Ursache vielen Übels und sogar einigen Krankheiten. Diese Gedanken hatte ich mir in der Vergangenheit oft gemacht und entschloss mich deshalb vor einigen Jahren dazu, Zucker so weit wie möglich aus meinem Leben zu verbannen. Erstaunlicherweise hatte ich seither kaum mehr Kopfschmerzen verspürt, außer natürlich nach übermäßigem Alkoholgenuss oder wenn ich Früchte aß. War der Zucker womöglich der Auslöser so vieler neuzeitlicher Krankheiten? Ich meinte ja, denn seit Jahren war ich der festen Überzeugung, dass Zucker krank macht. Dennoch genoss ich ihn ab und an in allen Formen und Varianten, ebenso wie auch Kohlenhydraten. Ich bin jedoch kein Ernährungsexperte, also kann es natürlich sein, dass ich damit falsch liege.

Nachdem das Frühstück beendet war, begann die eigentliche Schulung. Ich saß gespannt auf meinem Stuhl und sinnierte darüber, was ich wohl alles lernen würde. Was kommt auf mich zu? Und werde ich verstehen, was der Druide mir erklärt? Ich kam mir vor wie in den ersten Tagen meiner Ausbildung. Der Druide begann zu erzählen und klärte mich über Folgendes auf:

„Unser Ziel ist es, eine Elite auf der Grundlage der Meritokratie zu erschaffen. Eine Leistungselite, welche sich durch Fleiß, Ausdauer und Wissen auszeichnet. Grundsätzlich kann jeder ein echter Druide werden, der gewillt ist, sich durch eigene Leistungen etwas zu erarbeiten."

„Ich bin ein solcher Mensch", dachte ich mir. Dieser Grundsatz entsprach auch meinen Vorstellungen und so hoffte ich, dass, wenn ich genug arbeite, eines Tages zu dieser Elite gehören zu können. Dennoch machte ich mir Gedanken darüber, ob ich das Wissen verstehen werde. Laut dem Druiden sollten in den nächsten Jahren viele Veränderungen auf der Welt stattfinden. Auch die Regierungen und Polit-Systeme würden sich wandeln. Die „Neuen Kosmo-Kelten", wie der Druide uns nannte, sollten eine Organisation bilden, die neben den drei Weltmächten im Hintergrund eine vierte Säule aufbauen sollte. Alle Ausgestoßenen der Gesellschaft, die gewillt seien, sich durch Leistung etwas zu erarbeiten, wären willkommen bei uns. Sind die Ausgestoßenen aber nicht oftmals Verbrecher und Kriminelle? Der Druide hatte ein System entwickelt, mit dem man die wahren Kosmo-Kelten erkennen könne. Leistung, Fleiß, Ehrgeiz und ein reines Herzen würde man folglich bemerken. Verstanden hatte ich es noch nicht ganz, aber ich war mir sicher, dass dich dies in der Zukunft zeigen würde und das Lernen würde uns dabei helfen, die Richtigen zu erkennen. Ich vertraute auf den Druiden, denn er würde schon wissen, wie er das umsetzen will. Das Gespräch machte mich neugierig darauf, was noch kommen würde.

„Eine Hierokratie ist eine Regierungsform, bei der die Staatsgewalt von einer Priesterschaft oder einer ähnlichen sakralen Institution ausgeübt wird. Es gibt kein Erbrecht und die Priester können nur einen Regenten als ihren Erben wählen. Auch ist es nicht möglich, dass Druiden, welche nicht die oberste Stufe erreicht haben sowie die Leistung durch Ausbildung erlebt und durchlebt haben, einen Regenten wählen können. So stellt man sicher, dass die Wahl eines Regenten nur der wirklichen Elite vorbehalten bleibt."

Irgendwie erinnerte mich das alles an Perry Rhodan und andere Geschichten. Es schien mir, als kenne ich diese Aussagen aus anderer Quelle und auch das System war mir vertraut. Ich hatte früher einmal Geschichten über eine innere Welt gelesen, Erläuterungen zur Hohlwelt-Theorie. Leider werden diese Theorien oft von rechtsextremen Gruppierungen missbraucht. In den Geschichten, die ich früher las, war die Gesellschaft in der Hohlwelt ähnlich aufgebaut. Jeder hatte zwar dieselben Rechte, jedoch nicht, was die Wahl der Regierungsvertreter betraf. Jeder Bürger konnte sich durch Leistung und außergewöhnliche Taten zu neuen Rängen hocharbeiten und so durch viel Fleiß und Engagement irgendwann zur Priesterschaft stoßen. Diese alten

Geschichten waren erstaunlich und erzählten auch von Technologien, die wir uns bis heute in der Realität nicht einmal vorstellen können. Levitation, Teleportation etc. waren nur einige der interessanten Fähigkeiten, welche diese uralten Wesen besaßen. Im Grunde sahen diese aus wie Menschen, so las ich es zumindest heraus. Dennoch war ihre Haut ähnlich der von Reptilien. Ich schweifte immer mal wieder gedanklich ab und ermahnte mich selbst zur Konzentration. Ich war mir sicher, der Druide hatte bemerkt, dass ich nicht ganz bei der Sache war. Jeder neue Input von ihm löste eine Reaktion in mir aus und rief Wissen hervor, über welches ich mir längst nicht mehr bewusst war.

„Kennst du die Theorie der Primzahlen als die Grundbausteine des Universums?", fragte mich der Druide. Ich konnte nicht weder mit einem klaren ,Ja' noch mit einem eindeutigen ,Nein' antworten, denn erst kürzlich hatte ich einen Film über diese Zahlen gesehen. Verstanden habe ich es allerdings noch nicht. Im Studium der Rosenkreuzer wurde mir beigebracht, dass es diverse geometrische Formen gibt, die im Zusammenhang mit den Primzahlen stehen. Verstanden habe ich auch dies nicht wirklich. Mathematik und Geometrie waren leider immer Fächer, vor denen ich am liebsten davongerannt wäre. Generell wird den Zahlen eine besondere Bedeutung und Wichtigkeit zugeschrieben und anhand von

Spekulationen auf zukünftige zu erwartende Ereignisse geschlossen. Ich hatte die Zahlenmystik schon damals nicht verstanden und begreife sie bis heute nicht.

Im Laufe des Morgens erklärte mir der Druide, dass es verschiedene Stufen der Prägungen im Leben eines Menschen gab.

„Schon mit der ersten Zellteilung beginnt die Inkorporation." Er bezeichnete dies als Urknall, was mich zum Lachen brachte. Dann erklärte er weiter: „Das heißt, die Grundbausteine des Lebens von Mann und Frau treffen aufeinander und schaffen somit neues Leben. Im Laufe der Jahre kommen noch weitere Stufen hinzu. Die nächste wäre dann die Inkarnation oder auch Prägungsphase genannt, danach folgt die Individuation. Kennst du den Film ‚Der Zauberer von Oz'? Wenn nicht, dann schau ihn dir mal an. Ich halte ihn für einen durchaus spannenden Film, den ich jedem nur empfehlen kann. Mach dir selbst mal Gedanken darüber."

Es folgten weitere Begrifflichkeiten wie kontemplativ (= beschaulich), kognitiv (geistiges Erfassen) und noch einige mehr. Das Meiste davon hatte ich nicht verstanden, denn es war alles völlig neu für mich. Obwohl mir die Begriffe bekannt vorkamen, waren sie für mich doch noch zu weit weg, um mir ihrer Bedeutung vollends bewusst zu werden. Nicht greifbar, nicht fassbar, unverständlich. „Eines Tages werde ich schon dahinter steigen", schwor ich mir. Hier würde mir mein Ehrgeiz helfen. Doch, dass der bloße Wille nicht alles war, wurde mir schon bald darauf bewusst. So musste ich erkennen, dass Ehrgeiz zwar ein guter Freund war, aber auch zu einem grausamen Feind werden konnte. Es war erst Mittag und ich war bereits fix und fertig. Trotzdem hätte ich ihm noch stundenlang zuhören und alles wie ein Schwamm aufsaugen können, denn was er von sich gab war einfach zu überwältigend und interessant.

Die beiden Druidinnen gingen ihren Arbeiten nach und der Druide gönnte sich am Nachmittag einige Stunden Ruhe, als ich noch am Tisch saß und mir Gedanken über das Gehörte machte. Während ich auf meinem Stuhl verharrte, wirbelten Tausende von Gedanken wild in meinem Kopf umher. Gleich einem Sturm voller Ideen, Anregungen und Impulse, die ich noch nicht zuordnen konnte. Das Gehörte war nur ein Bruchteil dessen, was noch auf mich zukommen sollte. Dies alles war der Anfang einer neuen Zeit, der Beginn meiner Druidenzeit. Eine neue Ära war eingeleitet und die künftigen Kosmo-Kelten bildeten sich allmählich heraus. Noch immer auf meinem Platz im Esszimmer starrte ich auf meine Notizen. Ich bemühte mich, meine Gedanken zu sortieren und die Lehren des Druiden zu verstehen, auch wenn nur

Bruchstücke seiner Worte bis zu meinem Wach-Bewusstsein vordrangen. Nach einiger Zeit entspannte ich mich und blickte auf mein Smartphone. Es war Samstag und bereits fortgeschrittener Nachmittag. In ein paar Stunden würden wir zum Bogenschießen gehen. Schon im Vorfeld fragte ich mich, ob es ähnlich wie in meinem Traum sein würde und ich den ganzen Ballast, den ich mit mir herumtrage, einfach mit dem Pfeil wegschießen kann. Schon bevor es losging, freute ich mich wie ein Kind und lief zur Wendeltreppe in mein Zimmer, um mich für die Übergangszeit zu beschäftigen. Ich setzte mich aufs Bett und stützte meinen Kopf mit dem überaus bequemen Kissen von der Wand ab. Meine Augen ließ ich lieber offen, während ich ruhte. Denn ich befürchtete, in den Schlaf zu sinken, wenn ich sie auch nur einen Moment lang schließen würde. Endlich fand ich auch die Gelegenheit, mir die Bücher genauer anzuschauen. Ich hangelte nach ihnen, blätterte einige durch, konnte mich dann aber doch nicht zum Lesen überwinden. Viel zu unruhig versuchte ich stattdessen, lieber etwas runterzukommen, vielleicht sogar meine innere Mitte zu finden. Und das möglichst, ohne dabei einzuschlafen. Als mir die Augen trotzdem kurzzeitig zufielen, entschied ich nun doch ein wenig zu schlafen. Ich schaltete mir entspannende Meditationsmusik ein und stellte den Wecker auf etwas später am Nachmittag. Allmählich komme ich etwas zur Ruhe und schaffe es sogar, mich zu entspannen. Dabei versuchte ich, meinen Geist das Gehörte ‚verdauen' zu lassen. Ich weiß nicht mehr, wie viel Zeit verging. Nur, dass mich eine der zwei Druidinnen fragte, ob ich wasch sei. „Ja", antwortete ich und erfuhr, dass es an der Zeit war, sich fertigzumachen, da wir in fünfzehn Minuten losgehen wollten. „Endlich!", dachte ich, denn ich bin nicht gerade der geduldigste Mensch auf Erden und warten gehörte definitiv nicht zu meinen Stärken. Glücklicherweise war ich noch einigermaßen munter und freute mich bereits auf das Bogenschießen. Denn wenn mich die Müdigkeit erst einmal zu überrollen beginnt, ist es meist schon zu spät, noch etwas mit mir anzufangen.

„Leg bitte noch einen schwarzen Schuh in das Wohnzimmer, er wird mich an etwas erinnern", sagte der Druide zu mir. Hatte ich ihn richtig verstanden? Ich sollte einen schwarzen Schuh ins Wohnzimmer auf den Boden legen. Schien wohl so. Ich lachte innerlich, nahm aber den Schuh und legte ihn wie gewünscht dort hin. Später stellte sich heraus, dass der Schuh nur die Erinnerung für das Geldabheben am Bankautomaten sei. Seltsame Gebräuche um sich an etwas zu erinnern. Aber eigentlich auch eine gute Möglichkeit, sich Eselsbrücken für verschiedenste Dinge zu schaffen. „Ich kann definitiv noch einiges von ihm lernen, auch wenn es mitunter ganz einfache Sachen sind", dachte ich mir. Noch immer amüsiert nahm ich meinen Bogen und wir machten uns auf den Weg. Jeder Druide hatte seinen eigenen, perfekt abgestimmt auf die Person erklärte man mir, als wir zum Auto liefen. Die Fahrt dauerte ca. eine Dreiviertelstunde und wir kamen auf einem unscheinbaren Parkplatz mitten im Nirgendwo an. Die Fahrt selbst war unterhaltsam gewesen, hatten wir doch einen wortwörtlichen ‚Sonntagsfahrer' vor uns, der mit zwanzig Kilometern pro Stunde dahin tuckerte und doch partout nicht das Gaspedal fand. Die Stimmung des Druiden schwankte zwischen Verärgerung und Belustigung. Schließlich war auch er nur ein Mensch, der sich mit den alltäglichen Dingen des Lebens auseinandersetzen muss. Ich bezweifle, dass ich hinterm Steuer so ruhig geblieben werde. Vermutlich hätte ich mich geärgert und darüber aufgeregt. Doch in Gegenwart der anderen hielt ich mich zurück, auch, wenn der andere Fahrer mir schon ziemlich auf die Nerven ging. Dann geschah es schließlich. Der Wagen vor uns bog ab. Dummerweise aber zum Parkplatz des Bogenschieß-Clubs. Oh je. Wenn der so schießt, wie der fährt, dann gute Nacht. Der Druide parkte den Wagen und ich entschied, unseren Freund nicht weiter zu beachten. Gemeinsam stiegen wir aus, holten die Bögen sowie das Zubehör aus dem Kofferraum und liefen hinüber zur Schießanlage.

Von Weitem konnte ich schon ein Tipizelt und eine Toilettenkabine erkennen. Einige Leute in mittelalterlichen Gewändern flanierten über den Platz und erregten meine Aufmerksamkeit. Sofort kam ich mir ziemlich overdressed vor in meinem Hemd und der „steifen" Jacke. Anscheinend war ich nicht nur innerlich verkrampft, sondern zeigte dies auch nach außen. Ich schüttelte den Gedanken ab und konzentrierte mich wieder auf die Umgebung. Der herrliche Geruch des Waldes stieg mir in die Nase und ließ mich ein Stück weit zu Hause fühlen. Immerhin verbrachte ich viel Zeit in der Natur. Wann immer es sich anbot, war ich draußen anzutreffen und genoss die Gerüche, die Farbenpracht und die Wärme, der Sonnenstrahlen, die auf mich einwirkten. Was wäre Idealer, um ein wenig Energie zu tanken?

Im Camp angekommen legte ich die Armschützer an und schnappte mir meinen Bogen. Die Lehrer bestanden darauf, welche zu tragen, also tat ich das auch. Der Druide empfahl mir sogar noch einen Fingerschutz, doch ich lehnte dankend ab. Ich wollte das Seil des Bogens spüren und tatsächlich verspürte ich keinen Schmerz in den Fingern, auch am nächsten Tag nicht. Noch hatte ich über Muskelkater oder sonstige Schmerzen zu klagen. Doch zurück zum Ort des Geschehens: Die Instruktorin hatte sich wie eine Wald-Fee gekleidet und zeigte uns kurz und bündig, wie man den richtig Bogen hielt, ihn mit einem Pfeil belud und zielte. Ich versuchte mein Bestes, kniff die Augen zusammen und fixierte die Zielscheibe. Gleichzeitig zog langsam das Seil zurück, baute somit eine Spannung auf und ließ schließlich los. Daneben. Genau wie beim zweiten und dritten Schuss. „Warum treffe ich nicht? Wie zielt man mit diesem verflixten Ding?", rief ich genervt. Ich versuchte es wieder und wieder und begann innerlich zu kochen, da ich die Scheibe einfach nicht traf. Ich fragte mich, was ich wohl falsch machte, bis mir die Druidin zu Hilfe kam und mit ruhiger und weicher Stimme sagte: „Ganz locker und nicht verkrampfen. Lass die Augen ganz geöffnet, erzeuge Spannung und dann einfach die Sehne loslassen." Ich folgte ihren Anweisungen und tatsächlich landete mein Pfeil mit der Spitze zum ersten Mal in der Zielscheibe. Was für ein großartiges Gefühl! Ich freute mich und war wieder voller Motivation, doch bereits nach wenigen Schüssen überkam mich wieder der Ehrgeiz und ich traf nicht mehr, da ich ins alte Muster zurückfiel. Wieder regte ich mich sichtlich auf und diesmal war es der Druide, der zu mir kam. „Nicht mit Ehrgeiz und Verstand, sondern mit Gefühl und Entspannung wirst du treffen", sprach er wie ein weiser alter Mann. Meinte aber auch, dass ich es gut machen würde.

Ich glaubte ihm kein Wort, da ich der Überzeugung war, es besser zu wissen. Ganz sicher würde ich das schaffen, wenn ich mich einfach nur mehr anstrenge.

Aber auch, als wir zu weiteren Posten im Wald gingen und nahe Ziele zu treffen versuchten, gelang es mir einfach nicht. Doch dann, nach einer gefühlten Ewigkeit, gab ich den Kampf auf. Woraufhin sich mein Körper entspannte sich und ich förmlich fühlen konnte, wie sich auch die Anspannung in meine Muskeln allmählich lockerte. Auch innerlich ließ ich mich fallen, nahm den Bogen, spannte den Pfeil darauf und schoss, ohne groß nachzudenken und frei von Anspannung. Ich traf und traf und so ging es weiter. Der innere Leistungsdruck hatte mir nicht geholfen, sondern wurde zu meinem größten Feind und blockierte mich. Doch nun, ganz gelassen und entspannt, einfach mit Spaß bei der Sache, gelang es mir. Nach einer Weile fühlte es sich an, als würde der Bogen mit meinem Arm verschmelzen und der Pfeil machte mehr oder weniger, was er sollte. Klar war mir bewusst, dass ich bei meinem ersten Mal Bogenschießen keine Glanzleistungen zu erwarten brauchte, doch der Erfolg kam sichtlich schneller und das Schießen begann, immer mehr Spaß zu machen. So ging es schließlich weiter und wir machten uns auf von Posten zu Posten. Recht schnell wurde es auf einmal dunkel und wir waren durch mit allen Stationen. Als die Sonne fehlte, zog rasch Kälte auf, also beschlossen wir, uns auf den Rückweg zu machen.

„Siehst du, mein Schüler", sagte der Druide, „der Bogen, dein Geist und dein Körper wurden eins. Als dein Verstand ein Einsehen hatte, dass du etwas ändern müsstest, kam der Erfolg von ganz allein und der Pfeil flog ins Ziel." Das war meine Lektion fürs Wochenende und sogar noch für die Wochen danach. Ab Montag wollte ich dies auch bei der Arbeit umsetzen und beginnen, so zu leben. Denn wenn es beim Bogenschießen geklappt hatte, warum sollte es im Alltag und bei der Arbeit nicht auch funktionieren? War ich doch immer ein Mensch gewesen, der krampfhaft mit allen Mitteln versuchte, auch bei der Arbeit alles im Griff zu haben, dazu veranlagt war, immer mehr zu wollen und schon fast mit übertriebenem Ehrgeiz an die Dinge heranging. Ich würde künftig versuchen, mich an den Wald und den Bogen zurückzuerinnern, wenn mein inneres Kind am liebsten wütend auf dem Boden herumtrampeln würde, weil es nicht das bekommt, was es will. Denn zu viel selbst auferlegter Druck brachte mich tatsächlich nicht zum Erfolg, noch tat er mir gut.

Wir fuhren also zurück und gingen Abendessen. Ein nobles Restaurant in einem der schönen Vororte Hamburgs. Von außen betrachtet sah das Restaurant ziemlich unscheinbar aus, wirkte ruhig und friedlich. Als wir eintrafen, waren wir noch zu viert. Etwas später sollten noch drei weitere Personen nachkommen. So waren zunächst nur der Druide, seine beiden Druidinnen und ich, der Lehrling, es, die an einem der Tische im Restaurant Platz nahmen. Als der Kellner kam, trug dieser ein breites Lächeln auf dem Gesicht und bezauberte uns mit einer Ausstrahlung wie von einer anderen Welt. Man fühlte sich vom ersten Augenblick an pudelwohl. Auch als er sich nach unseren Wünschen erkundigte, ließ er seinen angenehmen Charme spielen und wirkte wie eine außergewöhnlich freundliche Persönlichkeit auf mich. So muss man sich als Gast fühlen, wertgeschätzt. ‚Da will ich wieder hin', dachte ich sofort. Sollte das Essen nu auch noch hervorragend sei, haben sie mich als Stammgast gewonnen. Wann immer ich Zeit hätte und in der Region wäre, würde ich versuchen, hier vorbeizuschauen. Ich vermutete, dass er bestimmt ein guter Kandidat für unsere Druiden wäre, und siehe da, der Druide sprach mit dem Inhaber des Restaurants über genau dieses Thema. War das Zufall? Oder fühlte auch der Druide etwas Spezielles in dem Kellner und Inhaber des Lokals? Ich würde auf jeden Fall nachfragen, wie sie verblieben sind. Das Eis wurde mit Champagner gebrochen und die Gäste, welche zwischenzeitlich zu uns eintrafen, waren „Weltliche" und fühlten sich ebenfalls sichtlich wohl. Die Gespräche wurden interessanter und das Essen kam auch schon alsbald. Es roch lecker und so schmeckte es auch. Wir alle genossen die Speisen, den Wein, das Bier und das schlichte Beisammensein. Ich war dankbar und freute mich unbeschreiblich, doch dann, ganz unverhofft, sagte der Druide: „Erzähl mal von deinem Projekt!"

Ich habe mir angewöhnt, nur darüber zu sprechen, wenn ich danach gefragt werde und genau an diesem Abend wollte der Druide, dass ich von mir erzähle. Aber warum? Vielleicht testet er mich, weil er meine Reaktion wissen will? Nun gut, ich hatte kein Problem damit, von meinem Vorhaben zu erzählen, war es doch mein Herzensprojekt und schon seit vielen Jahren ein Teil von mir. Ich versank in meinen Gedanken und meiner Erzählung darüber, wie es dazu kam, warum ich das mache, wie es weiterging und wo es noch hinführen soll. Sowohl mein Blick als auch mein Geist waren nur noch bei den Zuhörern und bei meinem Projekt. Alles um mich herum wurde mit einem Mal nebensächlich und ich konnte förmlich spüren, wie meine Vision die anderen genauso in den Bann zog, wie sie mich einhüllte. Irgendwo am Rande war mir war noch bewusst, dass mein Meister mich beobachtete, studierte, aber auch das wurde belanglos für mich. Schließlich konnte mir bei diesem Projekt keiner etwas vormachen. Ich weiß, wohin es geht, und ich freue mich, wenn ich anderen davon erzählen kann. Es soll meine Mitmenschen motivieren, animieren, inspirieren und ihnen auch neue Hoffnung geben. Ich weiß nicht mehr, wie lange ich über das Projekt sprach, aber ich blühte völlig auf und meine Zuhörer waren gespannt und stellten mir interessierte

Fragen. Die Zeit verging wie im Flug und ich fühlte mich geborgen und sicher. Auch, wenn der Alkohol mein Bewusstsein an diesem Abend ein wenig trübte. „Was magst du trinken?", fragte mich der Druide. Ich blieb zunächst bei alkoholfreien

Getränken, obwohl ich innerlich an Whisky dachte und eigentlich doch etwas wollte. Der Druide verstand meine Gedanken und fragte ein zweites Mal, sodass ich dann doch den Mut fasste und mir ein Glas Single-Malt Whisky bestellte. Aqua Vitae kann immerhin nie schaden. Mit guten Gesprächen klang der Abend schließlich aus. Ich war am Ende ziemlich benebelt, meine Gedanken verschwommen und die Erinnerungen bereits am Verblassen, als ich mich fragte, was ich noch alles für komisches Zeugs geschwafelt hatte. War ich peinlich oder habe ich gar schlechte Dinge gesagt? Letztendlich spielte es keine Rolle, denn am nächsten Tag wusste ich schon nichts mehr. Ich erinnere mich nur noch daran, dass wir zu später Stunde zurück zum Anwesen fuhren und uns über irgendetwas unterhielten. Als wir ankamen, ging ich direkt schlafen und wachte in der Nacht mit Kopfschmerzen auf. Ich schluckte eine Schmerztablette, trank viel Wasser und legte mich wieder hin. Glücklicherweise konnte ich dann bis zum Morgen gut und tief durchschlafen.

Der Tag der Abreise kam viel schneller als gedacht und nach einer nicht allzu langen Nacht ging es nun zum Flughafen. Ich war froh, den Druiden endlich persönlich kennengelernt zu haben. Mein Meister hatte eine gute Gabe, er verstand es, Druiden-Brüder zu vereinen und er wollte anscheinend einige ganz spezielle Charaktere miteinander bekannt machen. Warum gerade ich dazu zählte, konnte ich mir nicht erklären, sah ich mich doch selbst schon immer als Querschläger. Der Außenseiter. Der Typ mit den vielen Theorien, der nicht mit dem Mainstream schwamm und zugleich auch nie der einfachste Schüler war. Oft schon hatte ich meine Lehrer in der Vergangenheit auf die Palme gebracht und ihnen ordentlich Nerven gekostet. Nun gut, ich würde sehen, was die Zukunft bringt. Nachdem wir eine kurze Zeit zusammen verbracht hatten, verabschiedeten wir uns auch schon wieder und ich begab mich zum Gate des Hamburger Flughafens, um meinen Heimflug anzutreten.

Ich hatte einen Standardflug über Easy-Jet gebucht und war gespannt, wie der Flug wohl sein würde. Letztendlich unterschied er sich nur durch meine Mitpassagiere vom Hinflug. Während meiner Heimreise träumte ich insgeheim davon, eines Tages in einer intimeren Atmosphäre von A nach B zu kommen. Vielleicht sogar in einem Privat-Jet. Nicht wegen der Prestige, vielmehr wegen der Menschen, die dann womöglich mit mir fliegen würden. Leute, mit denen ich auf einer Wellenlänge bin und die mich inspirieren. Doch so unter den ganzen ‚Normalos' fühlte ich mich wie unter Schafen. Doch ich wollte kein Schaf sein. Was ich wollte, war die Welt zu verändern, sie zu einem besseren Ort zu machen.

Nach den vielen neuen Eindrücken, die ich gesammelt hatte, freute ich mich nun auf das Nachhausekommen. Der Flug war recht entspannend gewesen und nach nur einer Stunde und zehn Minuten landete ich auch schon wieder. Meine Freundin wartete bereits am Flughafen auf mich und in ihr unser Baby, welches schon die ganze Zeit vor Aufregung strampelte. Ein unglaublich schönes Gefühl überkam mich, als ich sie begrüßte. Ich war wieder daheim und fühlte mich sofort wohl. Dabei hatte ich schon seit jeher keine Heimat im eigentlichen Sinne. Immer war ich ein Wanderer und fühlte mich dort heimisch, wo es mir gut ging. Gemeinsam genossen wir noch die letzten Stunden des Sonntags, bis der Alltag am nächsten Tag wieder über uns hereinbrechen würde.

Kinoabend mit dem mysteriösen Zeichner

Es war Dienstag irgendwann nach dem Wochenende beim Druiden. Ich hatte gerade Mittagspause und dachte über diese spannenden und zugleich herausfordernden Tage weit oben im Norden nach. Ich ließ die Zeit noch einmal Revue passieren und kam zu dem Schluss, dass ich viel gelernt hatte und das alles nur noch umsetzen müsste. Es wäre sicher nicht so einfach, doch ich war voller Motivation und der Überzeugung, das Gelernte auch gut für meine Arbeit und alle anderen Vorhaben gebrauchen zu können. Doch die Realität sah so aus, dass mich der Alltag schnell wieder zurückholte und in alte Muster verfallen ließ. Denn die Tage, die vergingen, waren vor allem eines: stressig.

Zwar hatte nicht sonderlich viel mit meinem Betrieb zu tun, versuchte aber dennoch mein Bestes, um die Lage zu verbessern. Denn anscheinend hatten meine Vorgänger in den letzten Jahren nicht wirklich viel geleistet. Mein Ziel war es, dies zu ändern. Ein hochgestecktes Ziel vielleicht, aber durch meine gesammelte Erfahrung nach über mehr als 170 Kundenbesuchen, war es frustrierend, dass bisher noch keiner angebissen hatte. Allmählich begann ich, mir Sorgen zu machen und dies war auch einer der Gründe, warum es mir nicht sonderlich gut ging. „Ich

bin ein ehrgeiziger Mensch und ich kriege das hin!",
sagte ich mir selbst immer wieder. Dabei versuchte
ich jeden Tag aufs Neue, Kunden zu finden, welche
bisher noch nicht besucht worden sind oder befasste
mich noch einmal mit solchen, die ich bereits lange
nicht mehr kontaktiert hatte. Die letzten Monate hatte
ich ungenutzt verstreichen lassen und mir einiges an
Fachwissen angeeignet. Mein bisheriger Misserfolg
konnte aber nicht nur daran liegen, es schien, als
würden noch andere Komponenten eine Rolle spielen.
Solche, die sich mir leider noch nicht erschlossen.
War es vielleicht mein Auftreten? Ging ich falsch an
die Sache heran? Die Gedanken, die ich mir dazu
machte, besprach ich oft mit meinem Arbeitskollegen
und wir kamen zu dem Schluss, dass es wohl oder
übel an mangelnder Innovation und zu stark
verankerter Betriebsblindheit liegen musste. Dennoch
redete ich mir ständig ein, dass wohl bald die ersten
Aufträge kommen würden. Schließlich wäre es nur
eine Frage der Zeit, bis der Erfolg eintraf.

Nun saß ich also da und machte mir Gedanken,
drehte und wendete mein Mobiltelefon, legte es weg
und nehme es wieder zur Hand. Ich las erneut die
Nachrichten, welche mich nur für einen kurzen
Augenblick ablenken sollten. Meine Freundin und ich
hatten unsere eigene TV-Serie, die uns beiden zusagte
und welche wir gern gemeinsam schauten. Insgeheim
hoffte ich, dass sie vielleicht dadurch eines Tages alles

verstehen würde. Die vielen Bücher und Filme, die mir wichtig waren und warum sie es waren. Meine ganze Lebenseinstellung und warum ich gern mit ihr zusammen war und welche Bedeutung es für mich hatte, ein Kind mit ihr zu bekommen. Ich hatte in den letzten Jahren so viele Dinge gesehen und erlebt, von denen sie nichts wusste, aber ich konnte mich auch nicht überwinden, sie ihr anzuvertrauen. Meinen Befürchtungen nach würde es sie womöglich nur verletzen, traurig machen und zum jetzigen Zeitpunkt dennoch unverständlich bleiben. Seit dem Tag, an dem ich wir uns kennengelernt hatten, liebte ich sie, doch vieles war und blieb für sie immer unverständlich. Was ich mit gutem Gewissen sagen kann, ist, dass ich nie fremd ging. Zumindest nie im eigentlichen Sinne von körperlicher Nähe. Auf psychologischer Ebene sah es ein wenig anders aus. Ich kann ich nicht leugnen, diesbezüglich untreu gewesen zu sein, mich angezogen zu fühlen vom Intellekt anderer, doch ich hatte mich stets körperlich unter Kontrolle.

Vor einem Jahr hatte sich einiges in meinem Leben verändert. Es gab unterschiedliche Vorfälle, die dazu geführt haben und in mir den Entschluss weckten, dass es notwendig sei. Ich begann umzudenken und schloss mich neuen Dingen auf, darunter auch die Gründung einer eigenen Familie. Was in den letzten zwölf Monaten geschah, kann und werde ich derzeit noch nicht sagen. Es ist nicht das, was sich die meisten Menschen denken würden und hat auch nichts mit anderen Frauen zu tun. Eher ein Wandel auf spiritueller Ebene. Dies zeigt sich vor allem durch meinen körperlichen Zustand, mein neu erlangtes Wissen und die Erfahrungen, die ich auf psychischer Ebene sammeln konnte. Der Drachen ist erwacht, ich bin der Drachenmeister. Obwohl ich nichts vor ihr geheim halte, tut sich meine Freundin derzeit noch schwer, die Zusammenhänge zu verstehen. Doch ich bin zuversichtlich, dass sie es eines Tages wird. Glücklicherweise hatte sich das, worauf es hinauslief, nicht bewahrheitet. Dies war auch für mich eine große Erleichterung, die mir aber gleichzeitig gezeigt hat, wie vergänglich das Leben doch ist. Eine einzelne Sekunde kann über alles entscheiden.

Ich saß also noch immer da, spielte mit meinem Handy und starrte gedankenversunken aufs Display. In dieser Sekunde kam mir eine zündende Idee und ich schrieb eine Nachricht an den mysteriösen Zeichner. Ich nenne diesen Herrn so, weil er eine der wenigen Menschen in meinem Leben ist, der viele Geheimnisse von mir kennt, wenn auch nicht alle. Er zählt zu den wenigen, denen ich vertraue und er zeigt mir immer wieder neue Wege auf. Innerhalb der letzten Jahre sind mir nur wenige Menschen begegnet, denen ich so sehr vertraute, dass ich ihnen sogar mein Leben anvertrauen würde. Eines Tages würde ich ihm einen Koffer voller Geheimnisse übergeben, die ich in den letzten 15 Jahren angesammelt habe. Bislang weiß bloß ein Mensch davon und auch nur in Bruchteilen. Vor über 25 Jahren hatte es begonnen und seither bin ich ständig auf der Suche. Ich träumte davon, eines Tages die Welt zu verändern und die guten Menschen daran teilhaben zu lassen. Doch ich fühlte mich noch nicht wohl damit, zu viel darüber zu sprechen. Ich kam in Gedanken wieder zurück und tippte die Nachricht „Willst du heute Abend Snowden schauen?" ins Telefon ein. Nur kurze Zeit später kam die Antwort. „Ja, gerne. Wenn's dir recht ist, in der Nähe von mir." Ich schrieb zurück und reservierte uns anschließend Karten im Kino.

Die Mittagspause war vorüber und der Alltag holte mich wieder ein. Die darauffolgende Stunde verging wie im Flug. Ich hatte einen Salat gegessen, private Mails beantwortet, mit meiner Freundin telefoniert und ihr dabei auch mein Vorhaben für den Abend mitgeteilt. Die vergangenen Nachmittage waren alle ziemlich ereignislos vorbeigezogen. Es gelang mir, einige Kundentermine zu vereinbaren und in der Zwischenzeit befasste ich mich mit der Technologie und den Produkten, die ich zum Verkauf anbot. Während ich beschäftigt war, hatte sich wieder kein einziger Kunde gemeldet. Dennoch war ich so tief in meiner Arbeit versunken gewesen, dass die Zeit gut verging und der Feierabend herangerückt war. Ich machte pünktlich Schluss, denn mein Versicherungsberater würde zu Hause bereits auf mich warten. Für mich war er mehr noch als das, denn ich sah ihn zugleich auch als Freund. Leider hatte dieser in den letzten Monaten immer weniger Zeit für gemeinsame Aktivitäten gehabt, letztendlich erging es eben doch fast allen gleich. Meine Freunde hatten zwar gute Jobs und verdienten anständig, doch hatten alle, mich eingeschlossen, immer weniger Zeit für Treffen.

Umso mehr freute ich mich schon auf den Abend und es bedeutete mir wirklich viel, mit dem Zeichner ins Kino zu gehen. Neben den regelmäßigen Film-Abenden hatten noch ein anderes gemeinsames Hobby: Computerspiele. Ich war mir nie sicher, ob es ihm bewusst war, wie sehr ich diese gemeinsamen Stunden fernab des Alltags genoss. Allerdings hatte ich in den letzten Monaten viel rumgenörgelt und meine Sorgen bei ihm abgeladen, doch das würde sich nun ändern. Es konnte nicht sein, das ich monatelang in dieser Spirale gefangen war und einfach nicht herauskam. Ich war mir sicher, dass es anders werden würde, weil ich es so wollte und mich aktiv dafür entschied.

Inzwischen war es kurz vor 18 Uhr und der Versicherungsberater war noch nicht da. Ich ärgerte mich immer unnötig, wenn jemand nicht pünktlich war, war es doch für mich immer wichtig mindestens genau auf die Minute oder einige Minuten früher vor Ort zu sein. Ich hatte an mich und mein Umfeld wohl einfach nur zu hohe Ansprüche, böse meinte ich es nie. Ich zählte gewiss nicht zu der Art von Mensch, die wegen solcher Kleinigkeit tiefrot anliefen und sich anschließend darüber aufregen würden. Doch diese Dinge fielen mir einfach auf. Er kam dann einige Minuten nach 18 Uhr, was typisch für ihn war. Egal, er war nun so. Als er da war, aßen wir zunächst. Er war sichtlich hungrig und lud sich einen riesigen Teller voll Pommes, Fleisch und Salat auf. Ich fragte mich, ob er wohl den ganzen Tag lang noch nichts gegessen hatte, während ich an meinen sechs kleinen Chicken-Nuggets aß. Wir besprachen meine Versicherungen und gingen die Details durch, welche noch angepasst werden sollten. Ich war noch nie ein einfacher Kunde gewesen, das merkte wohl auch er immer mal wieder. Aber wenn ich jemandem zufrieden war, belohnte ich das stets mit meiner Kundentreue. Nach nur einer Stunde hatten wir alles besprochen und der Kinoabend rückte immer näher. Für mich bedeutete dies immer zu entspannen und mich ausruhen, einfach dem Profanen hinzugeben und mit einem sehr guten Freund unterhaltsame Gespräche zu führen. Was wir zuvor besprochen hatten, war mir am Ende des Filmes nicht mehr ganze bewusst. Ich zählte Versicherung schon immer den Dingen, die man einfach im Leben haben müsste, von denen ich aber null Ahnung hatte und die mich auch nie wirklich interessiert hatten. Ich vertraute hierbei vollkommen den Versicherungsfachmann. Nachdem wir alles Lästige hinter uns gebracht hatten, verabschiedeten wir uns schließlich und ich konnte mich endlich auf den Weg zum Kino machen. Ich war neugierig darauf, was mein Freund zu erzählen hatte, denn er hatte mich am Abend zuvor wegen eines Projektes versetzt, von dem er mir nun berichten wollte. Nachdem ich einen freien Platz im Parkhaus gefunden hatte, stellte ich das Auto in der untersten Etage ab. Von da an hatte ich noch genau fünf Gehminuten und lief zügig zum Kino. Mein Freund, der Zeichner, sah mich bereits von weitem und winkte mir zu. Ich war pünktlich, auf die Minute. Eine wahre Glanzleistung, wenn auch nicht untypisch für mich. Ich lief auf den Zeichner zu und spürte bereits die Freude, die in der Luft herrschte herumschwirrte. Es war einer dieser Momente, in denen ich mich einfach wohl und unbeschwert fühlte. Wir begrüßten einander und ich fragte neugierig nach, was er nun am Abend zuvor gemacht hatte.

„Ich war gestern bei einem Kurs, in dem einem beigebracht wird, Gespräche visuell zusammenzufassen. Man lernt dabei in einer Sitzung oder bei Vorträgen das Gehörte in Bilder zu verfassen", erklärte er begeistert und berichtete mir, dass es seine Aufgabe gewesen sei, aus einem Baum Details hervorzuheben. Als würde er mit einer

Kamera hineinzoomen und den Baumstrunk mitsamt den Jahresringen klar und deutlich vor sich sehen. Ziel dieses Kurses war es dabei nicht, grafisch exzellent zu arbeiten, dafür aber möglichst viele der gesammelten Informationen auf das Bild zu übertragen.

Wahnsinn! Das dieser Mann ein unglaubliches Talent besitzt, war mir nicht unbekannt. Ich kannte seine Skizzen und schon allein diese zeugten von einer solchen Vollkommenheit, dass sie mich immer wieder erstaunten und sprachlos zurückließen. Ich war fest davon entschlossen, dass er unbedingt an seinen Projekten dranbleiben musste, und meine Aufgabe war, ihn dazu zu ermutigen. Der Kerl hatte einfach Talent und schon damals beeinflusste er mich mehr, als mir zu diesem Zeitpunkt klar war. Bereits dort brachte er mich dazu, auch über meine Qualitäten nachzudenken. Was hatte ich vorzuweisen? Was war meine große Stärke? „Es ist das Schreiben", gestand ich mir ein. Das war meine Begabung, an der ich zu feilen hätte. Übertragen auf seinen Kurs könnte ich diese Methode ja vielleicht auch auf mich anwenden, indem ich versuchen würde, einfach alles, was ich sehe, höre oder lerne, in Worte zu fassen und niederzuschreiben. Alle Eindrücke auf Papier einzufangen.

Diese Überlegungen waren damals der Auslöser für die Verschriftlichung meiner Lebensgeschichte gewesen. Der Zeichner war es, der mich einst indirekt auf diesen Weg geführt hatte und wohl unbewusst den Grundstein für dieses Buch legte. Etwas, dass ich ihm wohl nie vergessen werde.

„Denke nicht darüber nach, was Du von anderen erwartest, sondern was Du anderen geben kannst." Das waren seine Worte, sein Rat an mich, und was ich geben konnte, waren geschriebene Texte. Erzählungen, Geschichten, aber auch Erlebnisse. Ich konnte das gut und wollte von dort an beginnen, alles aufzuschreiben. Wir liefen weiter und begaben uns zum Kino. Meine Gedanken schweiften ab und ich fragte mich, ob es dem Zeichner und den vielen anderen Menschen, die sich auch auf den Weg dorthin machten, eigentlich bewusst war, dass sich dieses Kino in einem ehemaligen Logengebäude der Freimaurer befand. Einem einstigen Tempel für Rituale und geheime Treffen. Wer wusste das heute schon noch? Wohl nur die Eingeweihten. Nachdem wir die Eingangshalle passiert hatten, steuerte ich erst einmal die Toilette des Kinos an. Der Zeichner fragte mich noch rasch, ob ich etwas von der Snackbar haben wollte.

Ich bat ihn, mir ein Wasser zu ordern. Hunger hatte ich keinen. Als ich zurück war, durchquerten wir den dunklen Gang des Saals und liefen zu unseren Plätzen. Irgendwie hatte ich erwartet, dass sich mehr Leute für den Film interessieren, doch der Saal blieb fast leer. Scheinbar war er zu speziell. Einige Besucher hatten die Plätze getauscht und weil andere ihre blockiert hatten. Mir ist schon öfter aufgefallen, dass manche Leute einfach irgendwo saßen, nur nicht auf den Plätzen, welche auf ihren Tickets nummeriert waren. Aber aus genau diesem Grund gab es doch Tickets, damit es keine Missverständnisse wegen der Plätze gibt. Und solche Leute schauen sich einen so anspruchsvollen Film an. Zumindest hielt ich ihn dafür, zu diesem Zeitpunkt konnte ich es ja noch nicht beurteilen. Vielleicht lag es auch an einer womöglich besseren Sicht? Oder es war der Geiz der Leute, beispielsweise Parkett zu bezahlen, dich aber in nicht allzu vollen Filmen dann doch einfach auf die Logenplätze zu setzen. Dumm nur, wenn diese dann doch gebucht wurden.

Das Licht wurde schließlich gedimmt und die Vorwerbung kam. „Die Trailer sind doch immer das Beste." Naja, eigentlich ein Insider, denn tatsächlich war es einfach nur Zeit, die für Werbung draufging. Trotzdem gehörte es einfach zum Film dazu und gab einem immer die Gelegenheit, noch einmal runterzukommen und sich auf das Vorgeführte einzulassen. Schließlich begann nach einiger Zeit auch der richtige Film. Im Vorspann war der Zeitraum zusehen. Die Geschehnisse spielten sich also folglich zwischen den Jahren 2004 und 2013 ab. Da wir bereits das Jahr 2016 schrieben, nahm ich an, dass all das gezeigte schon veraltet wäre, die Technik bereits weiter fortgeschritten und mehr. Der Film behandelte die Geschichte des Whistleblowers Ed-Snowden und die Art und Weise, wie er seine Entdeckungen veröffentlichte. Doch sollte der Film den Zuschauern mitteilen? Nichts von dem Gezeigten war mir gänzlich fremd, und selbst wenn es nur Annahmen waren, sah ich diese durch die einzelnen Szenen bestätigt. Ich fragte mich die ganze Zeit über, wem heutzutage denn nicht bewusst ist, dass Facebook und alle anderen kostenfreien sozialen Medien unsere Daten einsammeln. Auch zahlen wir mit der intensiven Nutzung letztendlich mit unserer Freiheit und wird sich diesen Dingen nicht bewusst ist, der muss wohl tatsächlich hinter dem Mond leben. Denn in der heutigen Gesellschaft kann einfach alles und jeder überwacht werden. Waren die Menschen teils wirklich so naiv, dass sie diese ganzen Überwachungsmechanismen wahrhaftig schockierten? Oder verschlossen die meisten von ihnen schlichtweg die Augen davor? Wollten sie es gar nicht wissen? Der Film ging recht unspektakulär zu Ende, er war auf Unterhaltung ausgelegt, mehr aber auch nicht. Ich genoss die Zeit dennoch, schließlich war es für mich immer sehr erholsam, mit dem Zeichner im Kino zu sein.

Als der Film zu Ende war, kam die obligatorische Frage: „Wie fandest du den Film?" Ich antwortete ihm, dass ich mehr erwartet hätte und glaubte, dem Zeichner ging es da ähnlich wie mir. Er hatte uns einfach nicht von den Socken gehauen, aber das war auch nicht unser Anspruch an ihn gewesen und auch nicht der Grund, warum wir uns zu solchen Abenden verabredeten. Es waren die gemeinsamen Stunden, die mir schon immer viel bedeutet hatten. Natürlich waren die Filme ebenfalls etwas, das uns verband. Die gemeinsamen Kinobesuche, unser Ritual. Ich bedankte mich herzlichst für seine Einladung und wir liefen gemeinsam zurück in Richtung Bahnhof, so er auf seinen Zug warten und ich in mein Auto steigen würde. Er war auch immer der Gelassene von uns beiden und stets undurchsichtig in dem, was in ihm vorging. Oft schien es mir, als könnte ihn absolut nichts aus der Ruhe bringen. Was er wohl wirklich dachte? Häufig überkam ich sogar das Gefühl, dass ich nicht richtig an ihn herankam, als würde er sich irgendwie abschirmen. Ich sagte ihm immer, dass ich für ihn da sei, egal was war, dennoch machte er selten bis gar nicht Gebrauch davon. Doch das wissen, dass er es könnte, war das Wichtigste und dessen war er sich auch hoffentlich immer bewusst. Wir liefen gemütlich also weiter und sprachen noch ein wenig über die Thematik der Überwachung und dass diese überall präsent ist. Daraufhin zeigte ich ihm eine Karte der Stadt, die Live im Internet aktualisiert wurde und auf der jeder Bürger sehen konnte, wie viele Kameras es im Umkreis von nur wenigen hundert Metern gab. Es waren Dutzende. Schließlich verabschiedeten wir uns. Der gemeinsame Abend war zu Ende und wir gingen wieder getrennte Wege.

Sonntags ist Familienzeit

Es war 09:30 Uhr und ich lag zu Hause im Bett. Die Nacht war friedlich und entspannend gewesen aber viel zu kurz. Ich schaute auf meine Uhr und stellte fest, dass ich noch 15 Minuten zu schlafen hatte. Und das an einem Sonntag, an dem jeder gewöhnliche Mensch einfach schlafen konnte, solange er wollte. Aber nun war ich schon mal wach. „Ach, wie ich es hasse, früh aufzustehen", dachte ich mir. Doch dann ging die Tür auf und meine liebe Freundin kam mit einem großen Teller voller Essen zu mir ans Bett. Sie, die schwanger war, brachte mir Frühstück ans Bett, es war unglaublich. Der köstliche Duft von Toast und frischen Eiern stieg mir in die Nase, dazu gab es noch einen Kaffee. Der Tag war nicht nur gerettet, er begann auch noch wundervoll. Ich sah Sie an, lächelte und bedankte mich herzlichst. Der Kaffee enthielt meine tägliche Portion Koffein, auf die ich nicht verzichten wollte. Ein Kaffee pro Tag, das war meine

Richtlinie. Natürlich konnte ich dieses Ziel nicht immer einhalten, aber ich versuchte es.

Als ich aufgegessen hatte, ging ich ins Badezimmer. Voller Motivation gönnte ich mir eine Dusche und stellte das Wasser auf lauwarm ein – nicht zu kalt aber auch nicht zu heiß. So begann fast jeder Tag bei mir, mein allmorgendliches Ritual, das mir sogar noch wichtiger war als der Kaffee. Denn was gab es Schöneres, als sich morgens frisch unter den Wasserstrahl zu stellen, um den Schlaf wegzuduschen? Mein Kreislauf wurde angeregt und ich fühlte mich danach immer voller Elan. Na gut, fast immer. An Sonntagen, an denen ich hätte ausschlafen können, war das anders. Nach der morgendlichen Dusche folgten Rasur und Körperpflege wie Gesichtspflege und Deo. Es gehörte einfach zu unserer Gesellschaft, immer gut zu riechen. Dass dabei die Geruchsnerven dabei immer wieder getäuscht wurden, interessiert keinen. Dabei wäre biologisch gesehen eigentlich wichtig, so zu riechen wie man ist, ohne dabei von Deo und dergleichen übersprüht zu werden. Schließlich war es damals auch für die Fortpflanzung maßgebend, dass man sich überhaupt „riechen konnte". Daher bezieht sich auch die Redewendung „jemanden nicht riechen können", auf eine mögliche genetische Inkompatibilität, die dafür sorgend soll, dass sich zwei Menschen, die einander eher schaden würden, besser aus dem Weg gehen. Aber wie dem auch sei, so fundiert ist mein Wissensstand da auch nicht. Ich hatte nur irgendwann mal etwas darüber gelesen. Bei und hatte es jedenfalls funktioniert. Nach über sechs Jahren können wir uns immer noch „gut riechen" und dann im „verflixten siebten Jahr" kam auch noch ein Baby dazu. Aber das war so geplant und wir freuten uns beide schon sehr auf den Nachwuchs. Im November sollte das kleine „Es" zur Welt kommen, das Geschlecht wissen wir noch nicht. Wir fantasierten jedoch schon oft, wie es wohl aussehen würde. Wessen Augen und Nase es bekam. Von dieser erhoffte sich meine Freundin, dass es ihre wäre und nicht meine. Nun, wir würden es bald wissen.

Nach Beendigung des morgendlichen Rituals begaben wir uns zum Auto. Ich verzichtete auf meine Standardmusik und meine Freundin koppelte heute mal ihr Gerät mit der Hi-Fi Anlage. Die meisten Songs, die folglich liefen, gefielen mir nicht. Sie waren anders, seltsam, komisch und trafen nicht wirklich meinen Geschmack, doch sie sollte es schließlich auch mal dürfen. Überraschenderweise kam dann tatsächlich ein Lied, das meine Seele berührte und meinem Herz zum Springen brachte. Erfreut lauschte ich dem Gesang über Helden, die vieles aufgeben mussten, und sich etwas Eigenes mit Kraft, Schweiß und Herzblut aufbauten. Ein Lied, das von Helden, Kriegern und Pionieren erzählte, die über sich hinauswachsen, und das viele Emotionen in mir hochkochen ließ, weil ich mich sehr mit ihnen verbunden fühlte. Eines Tages würde ich vielleicht auch genau dieselbe Möglichkeit erhalten und dies würde der Zeitpunkt sein, an dem ich von vielen, die mir lieb sind, Abschied nehmen müsste. Zwar dauerte es noch einige Jahre Zeit, bis das Marsprojekt überhaupt so weit vorangeschritten war, aber der Tag würde kommen und die Zeit verging für mich immer schneller. Tick-Tack.

Wir fuhren also los und besuchten erst noch meine Schwiegereltern. Es gab Fondue, etwas, dass ich sehr liebte und worauf ich mich schon wahnsinnig freute. Auch, wenn der Gedanke an Fondue zum Mittagessen schon recht seltsam war. Ich kannte es eher als Abendgericht, doch meinem hungrigen Magen war das egal. Ich freute mich auf den Tag, obwohl ich von der Fahrt leicht angespannt war. Als wir schließlich beim Landhaus in den Bergen ankamen, überwältigte mich der Anblick des gemütlichen Zweifamilienhauses mit einer genialen Aussicht auf den See. Es war einfach wunderschön – ein Anblick wie gemalt – und jedes Mal aufs Neue, wenn wir dort waren, fragte ich mich, ob den Eltern meiner Freundin überhaupt bewusst war, wie schön sie dort leben. Meine Freundin öffnete für uns die Tür und lief in direkt ins Wohnzimmer, wo sie gleich auf den Süßigkeitenschrank zusteuerte. Erst danach begrüßte sie ihre Eltern. Etwas Süßes im Mund zu haben, war für den Moment wichtiger gewesen. Sie war ein Schleckermaul ohne Ende, immer schon gewesen, und jetzt sogar noch mehr. Manchmal kam es mir so vor, als würde sie alles in sich hineinschlingen, was nicht niet- und nagelfest war. Doch schließlich war sie schwanger, also würde das schon vorbeigehen.

Ich begrüßte unsere Gastgeber, der Empfang war wie immer herzlich. Wir wurden gebeten Platz zu nehmen und setzten uns an den reichlich gedeckten Esstisch. Er wirkte liebevoll hergerichtet und einladend bestückt. Vor allem der schmelzende Käse roch einfach herrlich. Und ehe ich es mich versah, drehte sich wieder alles nur ums Essen. Wir plauderten über dies und das und zwischendurch naschte ich von der geschnittenen Wurst, die aufgefächert auf einem Teller bereitstand. Immer wieder wanderte meine Hand dorthin, denn auch ich war ziemlich hungrig. „Wenn das noch lange so weitergeht, ist die Wurst bald ganz weg", dachte ich mir. Ich fragte mich, wo die anderen Gäste schon wieder blieben, da wir mal wieder als Einzige pünktlich waren. Es nervte mich irgendwie. Vermutlich hatte ich meine Erwartungen wieder zu hochgeschraubt. „Wusa", sagte meine Freundin immer zu mir, wenn ich zu gestresst war und mich über irgendwelche Dinge ärgerte, so auch in diesem Moment. Nach einer gefühlten Ewigkeit, und einem ziemlichen Schwund auf der Wurstplatte, kam nun endlich auch der letzte Gast und das restliche Essen wurde serviert. Ich spießte ein Stück von meinem Proteinbrot auf, tunkte es in den geschmolzenen Käse und führte die Gabel an meinem Mund. Der erste Bissen war der Beste. Es schmeckte herrlich, eine wahre Gaumenfreude, und so belud ich meine Gabel erneut und genoss einfach nur. Am Rande unterhielten wir uns weiter, doch die Gespräche waren eher belanglos. Sie beanspruchten meinen Geist nicht und waren gut zum Abschalten, wodurch ich das äußerst schmackhafte Fondue in vollen Zügen genießen konnte. Viel Zeit zum Verweilen blieb uns allerdings nicht, denn wir mussten noch weiter. Die Großmutter meiner Freundin hatte Geburtstag und wir wollten auch ihr einen kleinen Besuch abstatten und persönlich gratulierten. Meine Freundin freute sich immer sehr auf diese Besuche bei ihr.

Einige Zeit später saßen wir am Esstisch ihrer Großmutter, die uns Kaffee und Kekse servierte. Dabei unterhielten sich die beiden sehr angeregt über alles Mögliche. Ich hörte nur zum Teil hin und dachte über unser Baby nach. Der Bauch meiner Freundin war schon recht groß und da drinnen war tatsächlich ein kleines Ding, das bald das Licht der Welt erblicken würde. Eine merkwürdige, wenn auch schöne Vorstellung, die mich immer wieder in freudige Euphorie versetzte. Ich fragte mich, was

mich im Spital erwarten würde. Zwar hatte ich hier
und da etwas gelesen, doch wie es dann tatsächlich
ablaufen würde, war so viel spannender.
Geistesabwesend trank ich meinen Kaffee, bis ich
irgendwann auf die Uhr blickte und bemerkte, dass
wir wieder los mussten, wenn wir den Termin im
Krankenhaus nicht verpassen wollten. Etwa eine halbe
Stunde nach unserer Ankunft mussten wir auch schon
wieder aufbrechen. Irgendwie verging die Zeit immer
so rasant, wenn man gemütlich mit anderen
beisammensaß, zumindest kam es mir so vor.
Nachdem wir uns verabschiedet hatten, gingen von
dem kleinen Zimmer in den Korridor. Ich stand einen
Augenblick lang still und lieferte mir ein Blickduell
mit einer dicken Katze, die dort einfach vor der Tür
saß und uns misstrauisch anschaute. Als wollte sie
sagen „Los haut ab, das mein Revier!" Ich starrte
zurück, während wir an ihr vorbeigingen. Bereit,
meine Frau zu verteidigen, sollte sie angreifen, und
zugleich amüsiert über diesen Gedanken. Doch sie
machte nichts und schaute uns nur noch einen
Moment lang nach. Also wolle sie sichergehen, dass
wir auch tatsächlich verschwinden. Gemütlich liefen
den Weg bis zum Auto hinunter. Wie ein echter
Gentleman öffnete ich für meine Freundin die Tür und
half ihr beim Einsteigen.

Ich startete den Motor und fuhr in Richtung Spital
los, dabei wir unterhielten uns wenig und lauschten

beide der Musik. Es war einfach ein herrlicher Sonntag mit viel Sonnenschein. Man hätte fast meinen können wie in einem Bilderbuch: perfekt, ohne Sorgen und Probleme. In solchen Momenten hielt ich stets inne und machte mir bewusst, wie gut wir es doch haben. Nach einer etwa zwanzigminütigen Fahrt kamen wir beinahe auf die Minuten genau pünktlich beim Krankenhaus an. Ich liebte es, wenn ich pünktlich am Ziel war, denn es bestätigte mich irgendwie darin „gut zu sein" beziehungsweise eine Aufgabe erfüllt zu haben, nämlich die, zu einer bestimmten Zeit rechtzeitig an einem Ort anzukommen. Ich fand einen Parkplatz nahe am Eingang und half meiner Freundin natürlich auch beim Aussteigen aus dem Auto. Immer wieder fiel mein Blick dabei ehrfürchtig auf den großen Babybauch. Die Dokumente hatte ich bereits am Vorabend bereitgelegt und holte sie nun aus dem Kofferraum. Im Gegensatz zu den meisten in meinem Umfeld bin ich immer gut organisiert und mag es, wenn die Dinge geordnet zugehen. Ich verriegelte den Wagen, ehe wir gemeinsam zum Empfang gingen. Dort meldeten wir uns an und liefen weiter zum Lift, mit dem wir in den fünften Stock fuhren. Vielleicht war es auch der dritte. Ich weiß es nicht mehr so genau, denn ich war viel zu aufgeregt, um mir alles zu behalten. In der richtigen Etage angekommen und kaum aus dem Aufzug gestiegen, kamen uns auch schon frischgebackene Mütter mit ihren

Neugeborenen entgegen. Diese unglaublich süßen kleinen Menschlein wirkten noch völlig unschuldig, so hilflos und zerbrechlich. Ihr Anblick faszinierte mich, wenngleich mich eine leichte Nervosität überkam. Nicht mehr lange und dann ist es auch bei uns soweit.

Wir saßen im Wartebereich, bis die Hebamme uns begrüßte. „Grüezi, Frau Müller." Sie hatte den falschen Namen im Kopf. Wir lachten, denn anscheinend hatte sie eine anstrengende Nacht hinter sich. Nun gut, es ging weiter ins Besprechungszimmer, wo wir beide Platz nahmen. Meine Freundin nahm auf einem Stuhl Platz und ich setzte mich auf den Rand der Gebärbadewanne, der überraschend bequem war. Meine Freundin begann nun die Fragen zu stellen, welche wir zuvor notiert hatten. Es waren nicht viele, aber doch ein paar und die Hebamme beantwortete jede einzelne geduldig. Ich war erleichtert, dass alles so gut lief und wir uns keine Sorgen zu machen brauchten. Das Gespräch dauerte auch nicht lange und wir besprachen noch das Thema Upgrade, bei dem ich das Anliegen äußerte, gern im Spital übernachten zu wollen. Leider wusste Sie auch nicht mehr darüber, als wir der Broschüre entnehmen konnten, und riet uns, noch einmal am Empfang nachzufragen, was es denn für Möglichkeiten gäbe. Ihren Rat befolgend, machten uns auf den Weg dorthin und sahen schon von

Weitem die unmotivierte, Kaugummi kauende alte Hexe auf ihrem Stuhl sitzen und zu uns herüberschauen. „Wenn sie keine Lust hat, soll sie hier nicht arbeiten", dachte ich mir und zwang mich, ruhig und freundlich zu bleiben. Die Frau am Empfang stand langsam – fast schon in Zeitlupe – auf und ihr Mund bewegte sich in einem genervten Rhythmus, ohne überhaupt Worte auszusprechen. Man sah ihr deutlich an, dass sie ihre Ruhe haben wollte. Demotiviert knatschte sie auf ihrem Kaugummi herum und ließ ihn dabei immer wieder hervorblitzen. Wir fragten Sie also, ob es möglich wäre, zum gebuchten Upgrade noch ein Bett ins Zimmer zu bekommen, damit ich bei der Geburt dort übernachten könnte. Sie kaute weiter auf dem Ding herum und gab uns dann unmissverständlich ihre üble Laune bekannt. „Nein, das gibt es nicht. Nein." *Knatsch, knatsch.* Der Kaugummi schien ihr fast aus dem Maul zu fallen. Wir sollten uns bei der Hebamme melden, von der wir ja gerade kamen, dort würde uns geholfen werden. Mir wurde klar, dass sie keine Ahnung hatte und uns einfach wieder loswerden wollte. Sollte doch jemand anderes die Arbeit übernehmen. Langsam wurde ich gereizt. Sie meinte dann noch, man könne mir vielleicht ein Feldbett aufstellen, was mir auch ziemlich egal gewesen wäre. Hauptsache ich könnte irgendwo schlafen und dabei sein, wenn meine Freundin unser Baby zur Welt bringt. Wir hatten genug von der Dame und liefen zurück zum Auto, um nach Hause zu fahren. Dort angekommen war es bereits später Nachmittag und der Tag auch schon bald zu Ende. Wir ließen den Abend gemütlich ausklingen und schauten nach dem Abendessen noch eine Runde Akte X zusammen.

Der Druidenabend im Schloss

Es war der 28. Oktober 2016 und ich saß wie immer bei der Arbeit. Der Morgen begann wie so oft mit Tagwache. Um 6:30 Uhr kroch ich mühselig aus dem Bett und begab mich auf direktem Weg ins Badezimmer. Was folgte, war mein allmorgendliches Ritual, bestehend aus duschen, rasieren, Zähneputzen und die Säuberung des Katzenklos. Es war ein Morgen wie jeder andere auch. Ich bin kein Morgenmensch, noch nie gewesen. Auch nach etlichen Jahren im Berufsleben konnte ich mich mit dem frühen Aufstehen einfach nie anfreunden. Zwar war ich daran gewöhnt, wünschte mir jedoch oft, einfach noch länger im Bett liegen bleiben zu können. Ich bin durch und durch ein Kind der Nacht. Abends, wenn alles ruht und schläft, entfaltet sich meine Kreativität und neue Ideen strömen durch meine Gedanken. Ich genieße diese Abendstunden immer sehr. Sie sind für mich der Inbegriff von Erholung,

Entspannung und Inspiration. Was gibt es Schöneres, als in einer klaren Vollmondnacht in den Himmel zu blicken und den Mond auf dem großen Sternenteppich zu beobachten?

Doch noch war morgen und der Tag hatte erst begonnen. Nichts mit erholsamem Ausklang. Ich saß also im Auto, schaltete das Radio ein und hörte meine morgendliche Musik. Eine weitere Gewohnheit. Während ich zur Arbeit fuhr, kamen mir die ersten Ideen, womit ich heute meine Zeit verbringen könne. Denn meine Arbeit bestand im Wesentlichen aus den folgenden Tätigkeiten: Kundetelefonate führen, Termine vereinbaren, Handbücher studieren, Offerten und Strategien für mein Verkaufsgebiet ausarbeiten. Dazu gehörten auch immer die Analyse des Verkaufsgebietes und das Schreiben von Besuchsberichten. Teils kamen dabei seitenlange Texte zusammen und ich versuchte stets, möglichst alles an Details von meinen Kunden mit einfließen zu lassen. Dabei verwendete ich auch Fotos und E-Mails. Es ist immer wieder eine Herausforderung, wenn ich nach einigen Monaten versuche, vergangene Kundengespräche zu rekonstruieren. Insgesamt lief so lala im Geschäft. Die Auftragslage war Stagnieren und mein Verkaufsgebiet stellte sich nicht gerade als Goldgrube heraus. Dennoch hatte ich das Glück, bei einem sehr guten Arbeitgeber untergebracht zu sein und der Job gefiel mir im Großen und Ganzen. Die ganzen Besuchsplanungen und das Schreiben von Tabellen und Auswertungen war nicht gerade meine Stärke, doch ich liebte es, bei Kunden vor Ort zu sein und mit ihnen über Gott, die Welt und das Geschäft zu sprechen. Jeder von ihnen war anders, eine ganz spezielle Persönlichkeit. Also wusste ich nie, was mich erwarten würde und genau das machte den Nervenkitzel für mich aus. Die meisten Kunden zeigten sich jedoch immer noch sehr skeptisch, hatte ich doch diesen Job erst rund ein Jahr. Doch ich war ja zuvor schon in einer ähnlichen Branche tätig. Dennoch war dieses neue Umfeld wirklich eine Herausforderung für mich, welche mir aber auch Spaß machte. Ich mochte es, Überzeugungsarbeit zu leisten. Die Produkte, die Menschen, mit denen ich zu tun hatte und das Verhältnis zum Arbeitgeber motivierten mich überaus. Natürlich gab es Tage, an denen mir der Elan fehlte, aber dafür kannte ich genügend Lösungen, um mich abzulenken und wieder für mein Tun zu begeistern. So gab es natürlich immer positive Tage, als auch solche, in denen ich mir selbst einen Anstupser geben musste. Wichtig war es vor allem, meine Ziele nicht aus den Augen zu verlieren. Das Leben ist wie ein Aktienkurs, es geht hoch und runter, auf und ab. Die Zeit ist zwar konstant, doch oft wird sie anders von uns wahrgenommen, mal schneller und mal langsamer. Unsere Realität wird also durchaus von uns selbst beeinflusst, unserem Tun und unserem

Denken. Oder wie Einstein schon zu sagen pflegte: „Zeit ist relativ".

Als ich das nächste Mal auf die Uhr schaute, war es bereits Mittag und meinem Empfinden nach war die Zeit an diesem Freitagmorgen besonders schnell verflogen. In mir machte sich die Vorfreude breit, dass ich den Nachmittag freihatte und ein Treffen mit dem „Buchhalter" der Druiden haben würde.

Dieser „Buchhalter" war ein sehr analytischer Mensch, der immer viele interessante Gedanken hatte. Es schien mir oft so, dass er die Ruhe in Person war, redete er doch immer sehr leise, aber für mich verständlich. Ich musste immer schmunzeln, wenn andere Brüder ihn dazu ermutigten, doch lauter zu sprechen. So war er eben und ich dachte mir dann immer nur „Vielleicht müsst ihr einfach besser zu hören". Aber es gab natürlich auch einige von hohem Alter, die wirklich nicht mehr gut hören konnten. Da waren die Probleme oft woanders zu suchen. Verlorene Batterien im Hörgerät oder ausgeschaltete Hörgeräte kamen auch schon vor. Oftmals amüsierte ich mich und versuchte die Reaktionen der Druiden zu studieren, denn es gab schon ganz interessante Charaktere. Der „Bär", den ich so nenne, weil er einfach riesig ist, zeichnet sich durch seine schräge Brille und eine donnernde Stimme aus. Wenn er sprach, dann mussten alle ruhig sein, wehe man unterbrach ihn, dann wurde er seinem Kosenamen gerecht. Dann gab es noch den „Unternehmer", ein junger und dynamischer Typ, der voller Ideen war und immer für ein gutes Gespräch zu haben. Allerdings wurde ich aus ihm aber auch nicht so richtig schlau, so wusste einfach nie sicher, woran ich bei ihm war. Teilweise wirkte er auf mich zurückhaltend, dann aber doch wieder sehr offen und neugierig. Ich glaube, er hatte im Job einfach viel zu tun. Seine neuesten Produkte verlangten ihm eine Menge Energie ab. Für mich war er dennoch das Vorbild schlechthin in Sachen Geschäftstätigkeit. Jung und erfolgreich, gut aussehend und sozial anerkannt. Versteht mich nicht falsch, liebe Leser, ich mag das weibliche Geschlecht. Aber schöne Menschen – dabei spielt weder die Hautfarbe noch die Augenfarbe oder der Körper eine Rolle – sind für mich solche, die in ihrer Gesamtheit einfach anmutig sind und die ich gerne ansehen mag. Dabei können das sehr wohl auch Männer sein. Natürlich ist die größte Schönheit in meinem Leben für mich meine Freundin, sowohl in körperlicher als auch in physischer Hinsicht.

Mittlerweile war es bereits Mittag und ich setzte mich ins Auto, um nach Hause zu fahren. Dabei genoss ich wieder meine Musik und dachte voller Vorfreude bereits an den bevorstehenden Abend. Nach etwa einer halben Stunde kam ich daheim an und erledigte noch die nötigsten Dinge. So packte ich auch meine Sportsachen und machte mich mit dem Wagen auf den Weg zum Fitnessstudio. Mir war es wichtig, einfach noch eine Stunde zu trainieren, bevor ich am späten Nachmittag zum Schloss fahren würde. Im Studio entschied ich mich für ein kurzes aber intensives Intervall-Training. Es fühlte sich wie immer herrlich an, den eigenen Körper auf Höchstleistung zu trimmen und ich genoss die kurze aber intensive Zeit auf dem Laufband. 45 Minuten waren es nur, verhältnismäßig wenig für das, was ich sonst trainiere. Anschließend erfolgten die obligatorische aber herzallerliebste Dusche und ein kurzer Saunagang. Alles in allem war es für mich ein High-Power-Training. Kurz aber intensiv. Ich hatte für die Anfahrt von zu Hause bis zurück dorthin satte zwei Stunden gebraucht.

Zurück daheim warf ich meine Sportsachen in die Waschmaschine, holte mir neue Unterwäsche und warf mich in Schale. Anzug, Hemd und Krawatte waren Pflicht. Eigentlich hasste ich Krawatten, ich mag Anzüge, aber von Krawatten fühle ich mich immer eingeengt. Also entschied ich mich, die Krawatte erst später anzulegen und packte sie lediglich ein.Wie sich später herausstellte, vergaß ich das allerdings. Adrett gekleidet begab ich mich erneut ins Auto, wählte „Schloss" im Navi aus und bestätigte meine Eingabe. Kurz checkte ich die Strecke und stellte erfreut fest, dass ich sehr gut im Zeitplan lag.

Ich liebe es einfach, pünktlich zu sein und setze immer alles daran, dass niemand warten muss. So kam es dann auch, dass ich rechtzeitig am Zielort war und mir noch einen Kaffee aus dem Automaten gönnte, während ich auf den Buchhalter wartete. Das Treffen mit ihm hatte ich dieses Mal etwas früher als üblich vereinbart. Ich wollte mich einfach vorab in aller Ruhe mit ihm unterhalten können, denn es gab noch so viel zu besprechen.

Nach einigen Minuten rief dieser mich an und entschuldigte sich, da er in den Stau geraten war. Nun dafür konnte schließlich niemand etwas. Ich nutze die Gelegenheit, um meine Mails zu checken und aufzuarbeiten. Es dauerte über eine Stunde, bis mein Ordensbruder schließlich eintraf. Die Zeit war natürlich nicht verloren, denn ich konnte alle Mails checken, Telefonate führen und berufliche Abklärungen treffen. Schließlich gab es ständig etwas zu tun und Langeweile kannte ich nicht. Mein Kopf war immer voller Ideen und so konnte ich die Gelegenheit gut nutzen. Doch die Zeit schritt weiter voran und langsam wurde ich nervös. Es waren nun schon fast zwei Stunden vergangen und der Buchhalter war immer noch nicht eingetroffen. Just in dem Moment, als sich ein unwohles Gefühl in meiner Magengegend breit machte und ich ihn anrufen wollte, ob alles in Ordnung sei, kam eine große eher magere Gestalt die Treppe zu mir hinauf. Bedingt des diffusen Lichtes erkannte ich erst nur einen schattenhaften Schemen, welcher binnen Sekunden ein bekanntes Gesicht aufwies. Er war es, er hatte es geschafft und man sah ihm die Erleichterung aber auch die Erschöpfung an.

Das Gespräch mit dem Buchhalter und das RedBull

Endlich traf mein Freund ein. Wir begrüßten uns und er bestellte ein Red Bull. „Wenn das der „Bär" wüsste", sagte ich und lachte. Das würde wahrlich ein Desaster werden. Der „Bär" hasste Energydrinks abgrundtief. Er sah es als Teufelszeug, eines der schlimmsten Laster der Menschheit. Man konnte seinen Hass gegen diesen Muntermacher förmlich spüren, sobald das Thema zur Sprache kam. Schließlich bestand dieser Drink ja nur aus Zucker mit einem Schuss Koffein.

Der Buchhalter orderte sich noch ein Glas Wasser dazu und machte es sich auf dem bequemen Sofa gemütlich. Er wirkte sichtlich gestresst und war vermutlich heilfroh, nun endlich im Schloss angekommen zu sein. Dieses war auf einer Anhöhe am See gelegen und wunderschön anzusehen. Es prägte es das Landschaftsbild und galt bereits seit vielen Jahrzehnten als Inbegriff der Stadt. Nach einer Weile kam es, dass wir anfingen, über mein Veröffentlichungs-Konzept zum Buch „Gegangene der Zeit" zu sprechen. Ein Werk, in dem es eigentlich um Verschwörungstheorien ging. Mein eigentliches Ziel war es, mit dem Buch Geld zu verdienen und das Problem bestand darin, dass alles, was mit Verschwörungen zu tun hat, in der Regel negativ behaftet ist. Die meisten Menschen würden Vorbehalte haben, und je nachdem wie es vermarktet wird, könnte die Geschichte eher auf Desinteresse stoßen. Mein Freund teilte diese Meinung und riet mir, dass ich mir alles gut überlegen und mir eine entsprechende Strategie ausdenken sollte. Doch allein das hörte sich schon unheimlich kompliziert an. Ich war immer eher der „Macher" gewesen und nicht der Typ, der lange Strategien nachdachte und viel Zeit in die Planung investierte. Ich bin derjenige, der einfach losrennt und dann merkt, dass es doch nicht so einfach vorwärts geht. Doch in diesem Fall vertraute ich auf das Urteil des Buchhalters, denn er schien mir schon immer ein Planer und detailverliebter Mensch zu sein. Ich hingegen bin eher der Typ, der das große Ganze sieht, viele Ideen und Visionen, die umgesetzt werden wollen. Ich strebe die Veränderungen und Projekte im Ganzen an und finde es lästig, mich mit Details aufzuhalten. So denke ich, war es die richtige Entscheidung, mir den Rat meines Ordensbruders zu suchen. Zu viel Zeit und Geld war bereits in das Projekt geflossen, als dass ich es künftig ohne Planung angehen konnte. Schließlich wollte ich mit dem Gewinn nicht nur etwas Nachhaltiges schaffen, sondern auch meine Familie unterstützen. Also entschied ich mich, auf den Buchhalter zu hören und wollte versuchen, seine Ideen in das Projekt einfließen zu lassen. Schließlich hatte ich nichts zu verlieren und es konnte alles nur besser werden. Wir verbrachten etwas mehr als eine Stunde zusammen und unterhielten uns über das Buch, Vermarktungsmöglichkeiten, den Druiden-Orden und vieles mehr. Ein guter, anregender aber auch ermüdender Abend mit vielen Gesprächen über diverse Themen neigte sich schließlich seinem Ende. Ich liebte diese Diskussionen, denn durch den Austausch bekam ich immer auch einen anderen Blickwinkel aufgezeigt und konnte einen Nutzen daraus für mich ziehen.

Die Loge

Die Zeit verging wie im Flug und die Brüder trafen pünktlich im Schloss ein, leider waren es immer nur in etwa dieselben Brüder, welche sich regelmäßig im Schloss trafen. Viele der anderen interessanten

Persönlichkeiten verfügten kaum über die nötige Zeit und so ich bekam ich sie viel zu selten zu Gesicht. Ich freute mich aber, dass mein Meister an diesem Abend immerhin per Skype dabei war und uns alle mit Adleraugen beobachtete. Der heutigen Technologie sei Dank, konnte man auch bei den Ritualen mit Brüdern aus aller Welt die Logen abhalten und war nicht mehr nur an die Gemäuer der Ritual-Räume gebunden. Die Themen „Vernetzen" und „Interaktivität" gehörten zu den Dingen, die anschließend in der Nach-Loge besprochen wurden. Auch „Bruder perfekt" war diesmal mit dabei. Ein recht neues Mitglied, das viel Wert auf sein Äußeres legte. Irgendwie wirkte er immer perfekt gekleidet, zudem auch noch schlank und gesund, sportlich und erfolgreich. Seine Designerbrille untermalte seinen hellwachen Geist nur noch.

Ich genoss die Zusammenkunft mit den Brüdern. Jeder von uns hatte seinen eigenen Geist und doch waren wir alle verbunden durch den Leitspruch „Wissen ist Macht". Wir wollten uns in Zukunft zu einer Elite hocharbeiten und der Welt im Hintergrund zu besseren Verhältnissen verhelfen. Wir, die echten Druiden, hatten eine Aufgabe, die wiederum darin bestand, uns durch angeeignetes Wissen Macht zu verschaffen und diese konstruktiv einzusetzen. Wir waren davon überzeugt, dass wie etwas bewegen konnten und auf einem guten Wege dahin waren.So kam es nun, dass wir uns zum Logenraum begaben und ich für heute das Amt des „Musikus" ausführen durfte. Denn der Bruder, welcher sonst dafür zuständig war, war leider an diesem Abend kurzfristig verhindert und bat mich, sein seinen Part zu übernehmen. Kein Problem für mich und mit dem Bären neben mir, der mir immer zublinzelte oder mit den Fingern unmissverständliche Gesten für „lauter", „leiser" und „Stopp" machte, konnte nichts schiefgehen. Die Loge begann schließlich und zur Eröffnung spielte ich klassische Musik ab, die ich persönlich sehr einschläfernd fand. Wie jedes Mal waren die Rituale sehr beruhigend und entspannend gewesen. Dennoch befürchte ich, bei den sanften Klängen eines Tages wirklich einzuschlafen.

Als die Loge beendet war, hatten wir alle ziemlichen Hunger. Ich selbst hatte seit dem Nachmittag nichts mehr gegessen. Ich hatte für diesen Abend einen Fitnessteller bestellt, denn ich liebe einfach die Kombination aus Gemüse und Fleisch. Dieses schlichte Gericht brachte mich jedoch schon oft in Teufelsküche. Noch vor einer Weile ging ich doch davon aus, dass jedes normale Restaurant einen Fitnessteller zubereiten konnte. Doch ich irrte mich und so musste ich immer mal wieder ein Restaurant verlassen, was dies nicht anbot. Zu Tisch hatten wir wie immer anregende Gespräche und Bruder „Reisender" hatte sich in Fernost – zumindest glaube ich, dass es dort war, denn er war immer viel unterwegs – eine Lebensmittelvergiftung zugezogen. Nun saß er da und kämpfte er sich durch den Abend, ohne dabei etwas zu essen, denn er konnte nichts in sich behalten und alles, was oben reinkam, lief unverdaut durch seinen Körper, ehe es wieder herauskam. Der Ärmste. Dennoch kam er zu fast jeder Sitzung. Da konnte ich mir noch ein Beispiel dran nehmen.

Wir waren also beim Essen und das Thema wurde, wohl weil Bruder „Reisender" seine Probleme hatte, auf die Ernährung gelenkt. Schon nach kurzer Zeit entbrannte eine hitzige Diskussion über die verschiedensten Ernährungsgewohnheiten. Der „Bär" – wer sonst – war mal wieder derjenige, der einfach nicht verstehen konnte, dass man sich auch völlig ohne Zucker und Kohlenhydrate ernähren kann. Ich wollte nie, dass irgendjemand diese meine Low-Carb-Diät auch mitmacht. Das war schon immer völlig und allein meine Entscheidung gewesen und ich würde mich auch durch niemanden darin beirren lassen. Schließlich ich kenne meinen Körper schließlich am besten und weiß, womit ich mich gut fühle. Aber eine Diskussion war zwecklos, denn das war der „Bär" live. Die anderen Brüder verstanden wohl auch nicht so richtig, worum es ging. Zucker war und ist die stärkste Droge überhaupt und der Oberbegriff dafür ist „Kohlenhydrate". Ich entschied mich daher, nachfolgend hier einen kleinen Exkurs zum Thema Low Carb-Ernährung zu machen, damit es für alle verständlich wird.

Exkurs: Wie funktioniert eigentlich Low-Carb?

Ich habe mich mit dem Thema Low Carb auseinandergesetzt und die Seite www.lowcarb-ernaehrung.info zur Informationsbeschaffung nur wärmstens empfehlen. Hier nun das Wichtigste, kurz und bündig:

Um zu wissen, auf was man sich genau bei Low Carb einlässt, sollte man verstehen, was Kohlenhydrate überhaupt sind bzw. was sie im menschlichen Körper bewirken. Darüber hinaus schadet es nicht, sich damit zu befassen, was passiert, wenn man eine kohlenhydratarme Ernährung verfolgt. Daher möchte ich im nachfolgend erläutern, wie Low Carb funktioniert. Bei Low Carb nimmt man nur sehr wenige Kohlenhydrate (englisch: carbs) zu sich. Dabei ist zu bedenken, dass Kohlenhydrate eigentlich die wichtigsten Energieträger für unseren Körper sind. Sie bestehen aus den Zuckermolekülen Einfachzucker, der zum Beispiel in Frucht- oder Traubenzucker enthalten ist, Zweifachzucker, den man in Rohr-, Kristall-, Haushalts-, Rüben-, Milch- sowie Malzzucker vorfindet, und Mehrfachzucker, welcher Ballaststoffe, Maisstärke, Getreide und auch Kartoffeln mit einschließt.

Wie wirken Kohlenhydrate auf unseren Körper?

Aus den Kohlenhydraten bildet der Körper Glukose, welches als Brennstoff für das Gehirn, die Muskeln und Nerven dient. Um eine hinreichende Energieversorgung zu gewährleisten, benötigen die Zellen des menschlichen Körpers Einfachzucker wie Glucose und Fructose. Diese bestehen aus kurzen Kohlenstoffketten und können direkt mit der Nahrung aufgenommen werden. Liegt ein Mangel an Glukose vor, können sich Müdigkeit, Leistungsabfall und Konzentrationsschwäche bemerkbar machen. Zudem wird dadurch auch der Appetit nach Glukose angeregt.

Dabei ist jedoch zu beachten, dass Ein- und zweifache Kohlenhydrate anders auf den Körper wirken, als dreifache Kohlenhydrate. Der Einfluss von Kohlenhydraten auf unseren Blutzuckerspiegel ist schließlich nicht immer derselbe. Ein- und zweifache Kohlenhydrate werden dabei schneller in Glukose umgewandelt, als dies bei drei-kettigen Kohlenhydraten der Fall ist. Die bedeutet, dass der Blutzuckerspiegel bei Trauben- oder Rohrzucker schnell und stark ansteigt, jedoch schon bald wieder fällt und folglich Hunger nach neuen Kohlenhydraten auslöst. Als Reaktion darauf schüttet die Bauchspeicheldrüse verstärkt das Hormon Insulin aus und erst durch dieses wird die Aufnahme des Zuckers zur Verbrennung in den Körperzellen ermöglicht. Lange Kohlenwasserstoffketten (aus denen Fettmoleküle hauptsächlich bestehen) verfügen zwar über eine höhere Energiedichte (d. h. mehr Kalorien pro Gramm), sind aber schwieriger vom Körper in eine verwertbare Form umzuwandeln. Daher versuchen kohlenhydratarme Diäten, die Insulin-Ausschüttung im Körper möglichst gering zu halten, um die Energieversorgung stattdessen durch Körperfett zu stimulieren.

Wie funktioniert nun Low Carb?

Nimmt man durch die Nahrung also nicht genügend Kohlenhydrate zu sich, stellt der Körper seinen Stoffwechsel um. Anschließend erzeugt er Fettreserven über Acetyl-CoA (sogenannte Ketone) als körpereigene Energieträger und stellt diese den Zellen als alternative Energielieferanten zur Verfügung. Somit wird der Körper gezwungen, die eigenen Fettreserven als Energie zu nutzen. Im Umkehrschluss führt dies dann zur gewünschten Gewichtsreduktion.

Unverarbeitete Kohlenhydrate (wie in Vollkornprodukten, Haferflocken, Gemüse und Salat) können nicht direkt in Glukose umgewandelt werden. Hierfür braucht der Körper länger für die Verarbeitung. Folglich hält das Sättigungsgefühl länger an und das nächste Hungergefühl äußert sich später. Das Thema Ernährung will ich hiermit auch schon abschließen, denn meinem Empfinden nach darf und soll sich jeder so ernähren, wie er es möchte.

Die Nach-Loge

Im Anschluss an das genüssliche Essen versammelten sich alle Brüder im Dachstock des Schlosses. Dort gab es einen etwas dunkleren Bereich, der mit ausreichend Stühlen gespickt war, sodass wir dort zusammensitzen und ausgiebig über den Vortrag diskutieren konnten, der zuvor für die Mitglieder der Innen-Loge stattgefunden hatte. „Bruder perfekt" und der Buchhalter hatten vor einigen Wochen einen gemeinsamen Wandertag eingelegt, von dem sie nun mit Freude berichteten. An diesem Tag besprachen sie auch Pläne für die weitere Zukunft der Loge, darunter waren auch einige interessante Aspekte und Ideen, auf welche die Alteingesessenen nicht unbedingt gekommen wären und die ihnen vielleicht auch nicht gefallen würden.

Es mussten neue Wege gegangen werden, um Nachwuchs, junges Blut, anzulocken. Denn eine Überalterung war bereits in vielen Logen vorhanden. Aufgrund dieser Überlegung erklärten uns die beiden Brüder ihre Ideen und Ziele, die nicht gleich jeder auf Anhieb verstand. So auch ich nicht. Nach einigen Fragen und langen Erklärungen begriff ich dann doch das Prinzip und die Ideen. Dennoch war ich zu müde, um mich vollends darauf zu konzentrieren. Schließlich hatte ich nur noch die Themen „Freundin" und „Schwangerschaft" im Kopf. Schon bald würde das Baby da sein und unseren Alltag gehörig auf den Kopf stellen.

Als der Abend schon fast zu Ende ging, äußerte ich mein Anliegen bezüglich eines Baby-Begrüßungsrituals. Als einzigen und wichtigen Input nahm ich von „Bruder Bergler" den Rat mit nach Hause, dass einen die Spaltung der Familien für immer belasten könnte und wir daher gut abwägen sollten. Meine Freundin und ich hätten es zwar in den Händen, sollten uns aber auch immer den Konsequenzen bewusst sein, wenn wir eine Entscheidung fällen. Für diesen Tag war es jedoch genug und ich freute mich darauf, schon bald wieder im warmen Bett bei meiner Freundin liegen zu können. Aufgeregt war ich dennoch. Immerhin war es nur noch eine Frage der Zeit, bis das Baby kommen würde und den genauen Zeitpunkt konnte niemand sagen. Tick, Tack …

Sonntag, 06. November 2016: Die Geburt der Drachenkriegerin

Es war gegen 4 Uhr morgens, als meine Freundin aufwachte und sich ins Bad begab. Es schien, als würden die Wehen eintreten, doch das Ziehen, dass sie im Unterleib spürte, beruhigte sich alsbald wieder. Ich tröstete sie und gemeinsam schliefen wir wieder ein. Gegen 9 Uhr erwachte ich, als meine Freundin gerade zur Tür hereinkam. Sie hatte ein Bad genommen und klagte nun über ernsthafte Wehen. Es schien soweit zu sein, das Baby wollte raus. Dass es noch am selben Abend zur Welt kommen würde, damit hatte niemand gerechnet. Schließlich war der prognostizierte Geburtstermin erst am 15. September. Sie rief im Spital an und wir machten uns sofort auf den Weg. Ich war hellwach und spürte, wie das Adrenalin durch meine Venen schoss. Ich schwor, die ganze Zeit über für sie da zu sein und wenn es sein musste, auch so lange wach zu bleiben, bis das Baby da wäre. Es kam generell alles noch ganz anders, als wir alles es uns vorgestellt hatten. Wir trafen also gegen 11 Uhr im Spital ein, wo der Empfang Gott sei

Dank anders besetzt war. Die „Kaugummi-Tante"
hätte uns gerade noch gefehlt. Letztlich gingen wir
direkt zur Geburtsstation, wo wir auch schon sehr
liebenswürdig empfangen wurden. Ich war sichtlich
nervös und wusste nicht, was ich machen oder wie ich
meine Frau unterstützen konnte. Die Situation war
etwas völlig Neues für mich und hatte ich doch bisher
vor nichts Angst, so war es diesmal eine völlig andere
Situation. Leben würde auf die Welt kommen und wir
waren es, die es erschaffen haben. In Liebe gezeugt
würden wir unser Kind bald in den Armen halten.
Dieser Gedanke war noch immer surreal und sollte
auch noch einige Tage nach der Geburt unseres
Nachwuchses anhalten. Die Zeit ab, die ab da folgte,
war für uns beide die bisher schwierigste und
anstrengendste in der gesamten Beziehung. Auch ich
hatte noch nie zuvor ein solch starkes Gefühl von
Angst und Ungewissheit.

Die Ärzte kamen und die Prozedur nahm ihren Lauf.
Als die Hebamme meine Freundin das erste Mal
untersuchte, stellte sie fest, dass die Fruchtblase
angeblich bereits gerissen war. Ein Irrtum, wie sich
später zeigte. Schließlich wurden die Wehen
eingeleitet. Der Grund dafür war das angebliche
Risiko einer Infektion des Kindes mit Keimen aus der
Scheide. Wie auch immer, die Diagnose stellte sich
als Fehler heraus. So begannen die Ärzte nun alsbald
mit dem Verabreichen des Medikamentes, welches die

Wehen auslösen würde. Es dauerte einige Zeit, bis es wirkte und die ersten Schwankungen auf dem Wehen-Monitor angezeigt wurden. Meine Freundin begann zunehmend vermehrt Schmerzen zu erleiden und die Wehen wurden über den Tag verteilt immer stärker. Ich sah das erste Mal in meinem Leben einen Menschen so stark leiden und in mir kam ein ungutes und hilfloses Gefühl auf. Ich wusste nicht, was ich machen sollte, was ich überhaupt machen konnte. Also saß und stand ich nur im Raum herum, hielt die Hand meiner Freundin und versuchte ihr Beistand zu leisten so gut es ging. Schwitzend und vor Schmerzen gekrümmt lag meine Freundin auf dem Bett. Es vergingen viele Stunden und die Ärzte erhöhten das Wehen-Mittel immer mehr, auf dass es schneller vorangehen sollte. Die natürlichen Mechanismen des Körpers wurden übergangen. Es schien, als würde alles immer hektischer werden und von allen Seiten hieß es, es müsste nun schneller gehen sonst könnte es zu Problem führen. Ich saß auf meinem Stuhl und bekam es immer mehr mit der Furcht zu tun. Ich hatte das erste Mal in meinem Leben wirklich Angst, der Herzmonitor des Babys und meiner Freundin schien immer langsamer zu piepen und die Töne flachten weiter ab. Es waren beim Baby weit unter hundert Schlägen pro Minute, bei meiner Freundin genau dasselbe. Es war schon gegen 19 Uhr abends und die Zeit verging, ohne dass ich sie wirklich realisierte. Die Minuten danach wurden zum blanken Horror. Ein

Team von weiteren Ärzten kam in das Zimmer und es schien, als würde alles schiefgehen, was nur schiefgehen konnte. Die Ärzte und Helfer waren teils sehr unbeholfen und auf einmal herrschte schon fast Panik, ich musste auf den Stuhl an der Seite setzen und durfte nicht mehr nahe bei meiner Freundin bleiben. Ich hörte, wie die Ärzte zu ihr sagten, sie müsse jetzt Gas geben, sonst ginge das nicht gut aus. Als Sie das hörte, schien wie von Geisterhand eine enorme Energie in sie zu fahren und sie hatte wieder die Kraft, die sie brauchte. Sie presste und presste und für mich war es einfach nur noch eine Stimmung aus Furcht, Freude und anderen Gefühlen, die ich nicht richtig zuordnen konnte. Ich hatte unheimliche Angst und die Ärzte und Helfer standen für das Schlimmste bereit. Jetzt musste sie einfach Gas geben, denn das Baby war bereits im Geburtskanal. Ich hingegen konnte nichts machen. Hilflos saß ich auf dem Stuhl, stand auf und setzte mich wieder, lief nach draußen und kam wieder herein. Es war die Hölle für mich, warten zu müssen und nichts für meine Freundin tun zu können. Einfach nur dazusitzen und zu vertrauen.

Etwa eine halbe Stunde später, gegen 19:30 Uhr war es endlich vollbracht. Der Arzt zog mit einer Pumpe das kleine Baby aus dem Körper meiner Freundin und legte es sofort auf ihre Brust. Es war ein Mädchen, es war gesund, es bewegte sich und auf einmal war alles vergessen. Ein Moment, der sich in meinen Kopf gebrannt hatte wie nichts, was ich je zuvor sah. Ich durfte aufstehen und die Nabelschnur durchtrennen und ich durfte endlich, nach so vielen Stunden, wieder meiner geliebten Freundin und nun auch meiner Tochter nahe sein. Sie war ein so kleines, scheinbar zerbrechliches Ding, so unschuldig und wunderhübsch. Jeder Vater und jede Mutter kennt diesen Moment und es ist wohl der schönste Augenblick des ganzen Elterndaseins. Ich war heilfroh, dass ich dabei sein konnte bei diesem unglaublich wundervollen Moment. Es schien, als würde auf einmal und nur für einen winzigen Augenblick das ganze Dasein einen Sinn ergeben. Schmerz, Wut, Trauer, Freude, alles war vorhanden gewesen. Angefangen von dem Zeitpunkt, als ich unglaublich wütend auf die Ärzte war bis hin zur unglaublich erfüllenden Freude, als ich das Baby zum ersten Mal sah und berühren durfte.

Dieser Moment war so einmalig und ich kenne kein anderes Ereignis, dass dieses Erlebnis bisher toppen konnte. Die nächsten Tage und Monate waren dann begleitet von wenig Schlaf, vielen Dingen, die noch erledigt werden mussten und der Zeit, in der es galt, sich um das Baby zu kümmern. Ein neuer Lebensabschnitt begann für uns. Leben wurde erschaffen und sollte unser aller Dasein enorm bereichern.

Sonntag, 27. November 2016: Die Kosmo-Kelten

Ich genoss den Sonntag zu Hause und versuchte, mich zu entspannen. Dabei stieß ich auf folgenden Text im Netz, den ich nachfolgend in Absprache mit dem Verfasser hier aufführen werde:

Autorengemeinschaft KosmoKelten – Derzeit wird von mehreren unabhängigen Visionären, philosophischen Denkern aber auch von offiziellen Organisationen bzw. Institutionen in Österreich und Deutschland die erhabene Vision einer neuen kosmopolitischen keltischen Gesellschaft erdacht und vorbereitet, die für die Zukunft etabliert werden soll. Der Zeitpunkt ist nun gekommen, wonach diese Vision in der Öffentlichkeit vorgestellt werden soll. Jeder Mitstreiter und jede Mitstreiterin, welche es hier und jetzt bereits versteht, kann sich demnach zur Avant Garde der Zukunft zählen.

Die Vision umfasst die Ausrufung einer keltischen Humanität als globale Union. Wie sicherlich jeder weiß, befindet sich die Welt derzeit in einem gewaltigen im Umbruch von einem sozio-ökonomisch-politischen Zwei-Blocksystem (=Kapitalismus versus Kommunismus bzw. Ost/West-Polarität mit dem ‚Eisernen Vorhang') zu einem Drei-Blocksystem (Asien, unter der Vorherrschaft von

China; Amerika von Canada bis Südamerika, unter der Vorherrschaft der USA; sowie Europa, unter der Vorherrschaft von Russland. Afrika gilt dabei als reines Beuteland aller drei Fraktionen).

Was aber wichtig ist, sind die jeweiligen Ideologien der drei Blöcke. In Asien wird es wohl eine, bewundernswerte' Mischung aus Kapitalismus, Kommunismus & Konfuzianismus werden. In Amerika könnten alle indigenen Völker vom Norden Kanadas bis nach Feuerland das kulturelle Bindeglied bilden. In Europa wird es aber besonders spannend: Denn wie soll eine Fusion zwischen den drei ursprünglichen, monotheistischen und eschatologischen Religionsideologien (Judaismus, Christentum und Islam stattfinden? Und wie kann so etwas geschehen, wenn dann auch noch die philosophischen Ausrichtungen des Atheismus, des Rationalismus und des Empirismus, sowie des Humanismus, samt ihrer modernen Erscheinungen, mit dazu kommen soll?

Einen Ausweg aus dieser schwierigen globalen Entwicklung zu konstruieren, kann nach der Meinung der Denker nur durch eine Meta-Philosophie entstehen. Und diese könnte sich aus einer Neugenerierung des druidischen Gedankengutes (=Monismus) ergeben. Denn auf diese Weise könnten sich sämtliche (mehr oder weniger pragmatisch ausgerichteten) Religionen der ganzen Welt darin wohlfühlen.

Betrachtet man nun eine keltische Gesellschaft als perfekte Entfaltungsplattform für ein solch anspruchsvolles Vorhaben, dann müsste man der Logik nach einfach nur noch die Eckdaten und Grundlagen formulieren, was einen modernen Kelten der Zukunft ausmacht. Doch dies darf auf keinen Fall rückwärts gerichtet geschehen. Außer es handelt sich um zeitlose Tugenden, wie etwa pragmatische Toleranz bei einem gleichermaßen starken Verteidigungswillen der individuellen Freiheit, Innovationsfähigkeit, fortschrittliche Produktionstechnologie und Handelsgeschicklichkeit.

Die unmittelbare Zukunft wird (aufgrund der absehbaren Krisen, Katastrophen und leider auch der sich ausweitenden Kriege) eine gewaltige neue Völkerwanderung auslösen, die letztlich in einen immensen Kolonialismus (vor allem in unwirtliche Gegenden) mündet. Dazu muss man heute kein Prophet mehr sein. Denn die Menetekel sind überall deutlich erkennbar.

Genau hier setzen die Denker der neuen keltischen Gesellschaft an. Menschen auf der ganzen Welt, welche diese oben benannten, zeitlosen Tugenden in sich verspüren, sich aber irgendwie innerhalb der kommenden Drei-Block-Supranationen nicht heimisch fühlen und sich gleichzeitig als progressive Gemeinschaft identifizieren möchten, könnten so als moderne Kelten neu formiert werden, um sie (vorerst) in Kolonien überall (eines Tages auch im Weltall) zu bündeln. Und das wiederum würde die neue Sakral-Monarchie der Druiden planen, organisieren und verwalten. Denn ohne ideologische Profilierung kann das nicht erfolgen.

Die Kelten und ihre Führer, die Druiden, waren in der Antike sozusagen das Anti-Imperium gegen die Macht Roms. Die neuen Kelten bzw. neuen Druiden, könnten zukünftig demzufolge das Anti-Imperium gegen die Macht der drei benannten Blöcke bilden. Denn immer, wenn sich ein gewisser revolutionärer Charakter bei einer kulturellen Vision zeigt, hat das Ganze das Potenzial, eines Tages ein neuer und gewichtiger Kulturträger zu werden.

Unter der Bezeichnung ‚Kosmo-Kelten' sollen geneigte Menschen vereinigt werden, welche sich aus irgendeinem Grund nicht mit den kommenden Systemen der sog. ‚Trialistischen Supranationen' (= amerikanischer Block, asiatischer Block und europäischer Block) samt deren Ideologien identifizieren können. Kosmo-Kelten sind demnach Persönlichkeiten aus aller Herren und Frauen Länder, welche sich physisch unabhängig und geistig eben kosmopolitisch (dadurch allenfalls auch isoliert) fühlen. Von ihrer religiösen Gesinnung her können sie jede Präferenz haben, solange sie das Toleranzgebot achten.

Dafür wird ein neuer Druidenorden gegründet werden, der seine Mitglieder aus diesen Kosmo-Kelten rekrutieren wird, um über die Leistungsprinzipien einer Meritokratie die gesamte Organisation und Verwaltung des Vorhabens zu übernehmen. Und um so zur regierenden Klasse zu werden.

Dafür soll eine kombinierte, sakral-monarchische Struktur eingesetzt werden, wobei man nur durch Leistung (und nicht durch Erbfolge) zur Druidenfürstin / zum Druidenfürsten aus den Reihen der Druiden und Druidinnen gewählt werden kann.

Der spirituell-sakrale Führungsteil soll dabei auf dem weiter entwickelten Gedankenmodell des Monismus basieren, während der weltlich-politische Führungsteil auf real-ökonomischen Fundamenten einer Kolonialisten-Gesellschaft aufgebaut wird.

Wie bereits ab 1992 aus einer zwingenden Faktenlage vorausgesehen und seither regelmäßig formuliert wurde, wird die Welt durch den aktuellen Umbruch früher oder später in eine enorme

Völkerwanderung geraten, was letztlich eine nie da gewesene Kolonialisierungsphase auslösen wird. Diese Kolonialisierung wird insbesondere in unwirtliche Gebiete erfolgen, wie etwa in die Tiefseen oder auf Berghöhen, in Wüsten und sogar ins Erdinnere (Achtung: Dies hat jedoch nichts mit der Hohlwelt-Theorie zu tun). Darüber hinaus aber auch aber in das Weltall.

Für diese absehbar kommende Phase sollen die Kosmo-Kelten das maßgebende Volk werden. Also eine anti-imperiale Union, deren Fähigkeit auf Bewegung, Flexibilität und Anpassung beruht (das ist der Grund, weshalb die Denker versuchen, den neuen Kelten dieser Welt klar zu machen), dass sie trotz der großartigen Tradition ihrer symbolischen Herkunft unbedingt nach vorne schauen müssen. Das gilt auch oder gerade in technologischer Hinsicht. Denn weder die New-Age-verklärten Esoterik-Kelten noch die ebenso romantischen Aufklärungs-Enthusiasten des internationalen Druidenordens tun dies. Stets suchen sie in der Vergangenheit nach Lösungen für die Zukunft. Dabei kann nur die Gegenwart die Zukunft erkennen. Die Vergangenheit dient dazu, etwas aus der eigenen Geschichte zu lernen.

Die neuen Kosmo-Kelten sollen demnach die führende Union der sich in Bewegung befindlichen Völker werden, welche von den drei großen Blöcken, wie eine Art Reisläufer/innen oder Söldner/innen bzw. eben als Kolonialisten beauftragt werden können (und daraus ergeben sich dann wiederum die neuartigen Produktionsstätten und Handelszentren).

Darin liegt die Strategie. Das heißt aber nicht, dass die Kosmo-Kelten nicht eines Tages ein ‚fernes' Land (vielleicht auf einem anderen Planeten) zur zentralen Nation bestimmen werden. Von großer Wichtigkeit ist es jedoch, dass sich dies nur durch eine natürliche Entwicklung ergeben kann und keinesfalls als esoterisch anmutende, messianische Verheißung verkündet werden darf.

Darüber hinaus bedeutet die aber auch, dass die progressiven Kosmo-Kelten durchaus ein zentrales Zentrum ihrer (neu gestalteten) Kultur gründen können, welches auf einem bestehenden, bzw. uralten und ehemaligen Kelten/Druiden-Zentrum aufgebaut wird (das haben ja sowohl die römischen Imperatoren als auch die katholische Kirche auf den alten Druidenzentren noch und noch durchgeführt…).

Es gibt seit der Neolithischen Revolution eigentlich keine einzige Kultur auf der Welt, welche nicht durch das Zutun von Geheimgesellschaften im Hintergrund vorbereitet, gegründet und insgeheim geleitet wurde. Das gilt eben auch für die keltische Kultur, welche von der sehr alten Druidenorganisation zunächst gebündelt und gefestigt, dann beeinflusst und geleitet worden war.

Die ultrageheime hermetische Bruderschaft der Druiden hatte im Gegensatz zu den polytheistischen Kelten mit dem Monismus bestenfalls eine pantheistische Einstellung zur Natur. Aus deren Beobachtung ergab sich der zur Machthabe notwendige Informationsvorsprung.

Was allenfalls wichtig ist, hier noch zu erwähnen: Es gibt keine Verschwörung und auch keine, wie auch immer geartete, esoterische ‚Spinnerei' oder dubiose Sekte hinter dem Konzept. Es handelt sich um einen evolutionären Kulturplan, welcher seit Jahrtausenden nach dem gleichen Konzept abläuft.

Um jedoch die lokalen, regionalen, nationalen, internationalen und globalen Veränderungen sichtbar einzuleiten, werden stets beschleunigte Entwicklungen in Form von Revolutionen aktiviert. Diese finden immer in einem Bereich oder in mehreren Bereichen statt, in welchen sich menschliche Gesellschaften kulturell ausdrücken (=Religion, Politik, Wirtschaft, Sozialwesen, Wissenschaft und Kunst).

Die Kosmo-Keltische Revolution wird sämtliche dieser Bereiche beanspruchen, weil sie einer umfassenden Neugestaltung der Welt entspricht.

(Quelle: http://naryore.eu/norico/kosmokelten-die-neue-vierte-macht/)

Donnerstag, 15. Dezember 2016: Filmabend – Gefühle sind ein wichtiges Instrument

Gefühle sind ein wichtiges Instrument und ich versuche, wenn möglich im Verborgenen (als Mann gilt das ja als Schwäche), diese zu „erforschen" und zu zulassen. Schon seit einigen Wochen verspüre ich den Drang, den Film „Noah" zu schauen. Meine Familie, die sehr christlich ist, betrachtet ihn jedoch als Teufelswerk. Er sei verfälscht, entspräche einfach nicht der Wahrheit. Für mich hingegen spielte das keine Rolle. Er schien interessant gemacht zu sein, würde sicher unterhalten und zum Nachdenken anregen. Als ich den Film heute startete, fiel mir sogar etwas auf, was bisher für mich im Verborgenen war.

Die Söhne Sets, die Beschützer der Natur, die Gerechten. Dann auf einmal fand ich durch mein Herumstöbern im Netz eine Verbindung zu Osiris, den

Drachenkriegern, Atlantis und den „ewigen Rebellen gegen das Unrecht". Angeregt durch unsere Gespräche, erinnerte ich mich an die „DANN" als Speicher.

Ich überlege also, ob es sein kann, dass sich gewisse Gene aktivieren und ihr Ursprung viel weiter zurückliegt. Das sich Verhaltensmuster, Probleme und Ziele demnach für Tausende Jahre weitergeben wie auch das Wissen und vielleicht sogar Gefühle, bei denen man nicht weiß, woher sie plötzlich kommen. Kann es sein, dass sich alles wiederholt und es bereits Zivilisationen gab, die sogar die Raumfahrt beherrschten? Dass die große Flut kein Gott, sondern vielleicht eine Technologie war? Wir eine DNA-Kreation von intelligenten Wesen sind, welche bemerkten, dass einige von uns schlecht erzogen und böse wurden?

Ich bin heute alleine zu Hause und wie so oft, kommen genau dann Gefühle und Gedanken auf, die mich überwältigen. Folglich notiere mir dann alles, versuche es festzuhalten. Meine Gedanken zum Film fasste ich in einer kurzen Mail zusammen und sendete diese dem Druiden. Seine Antwort erreichte mich noch am selben Abend.

Die Antwort des Druiden auf meine Mail:
Danke der Nachfrage. Ja, es geht mir wieder besser. Aber ich versuche dennoch, etwas aufzupassen, um nicht wieder gleich mit Volldampf an unserem Projekt zu verausgaben. Wir hatten die letzten zwei Tage Bruder Michael und dessen Familie bei uns zu Gast. Das war sehr schön und unsere Unterhaltungen waren überaus spannend und vielschichtig. Also genau in unserem Sinn. Nun zu Deinen unten stehenden Ausführungen. Ich finde Deine Reflexionen überaus interessant. Deuten sie doch einen suchenden und sich in der Tat weiterbildenden Menschen hin. Deine Persönlichkeit öffnet sich eben auch der dritten Dimension des Denkens. Mach weiter so und du wirst eines Tages zu den Weisen gehören.

Die Welt, wie wir sie kennen, erscheint uns vielfältig, ja gar kompliziert. Die Natur hat dies für unser Bewusstsein so eingerichtet, damit wir uns eben auf vielseitige Weisen entfalten und entwickeln können. Würden unsere Sinne nur die eine (rein physikalische) Wahrheit des Seins erfassen, wäre diese fraktal organisierte Monotonie für uns ziemlich eintönig oder sogar unerträglich. Die Vielfalt der Dinge, wie sie uns gegenüber in Erscheinung treten, umfasst also eine durchaus progressive und konstruktiv nutzbare Illusion ('Maya', wie die Hindus sagen). Es gibt demnach nur eine konkrete Wahrheit im Makrokosmos (sämtliche planetarischen Dinge, welche um uns herum bis in das Allergröße reichen), im Mikrokosmos (sämtliche subnuklearen Dinge, die in uns bis in das Allerkleinste reichen) und im Mesokosmos (sämtliche ‚irdischen' Dinge, welche unsere direkt erfassbaren Ebenen betreffen und mit modernen Mikroskopen, Teleskopen oder Ferngläsern noch direkt mit Licht sichtbar und mit Ton hörbar sowie mit anderen Gerätschaften erfassbar sind). Das Allerkleinste der zeitlichen Ewigkeit und der räumlichen Unendlichkeit trifft sich dabei mit dem Allergrößten derselben immerwährenden Zeit und dem gleichen stets währenden Raum. Wenn man so will, handelt es sich dabei um Transzendenz (These) in Synthese mit der Transformation (Antithese).

Diese nicht ganz einfache Vorstellung ist glücklicherweise philosophisch erkennbar. Die überall gleiche Wahrheit lässt sich demnach weder teilen, noch vervielfältigen oder in sonst irgendeiner Weise manipulieren. Doch was bedeutet dies nun konkret für uns? Nun, jedes einzelne Lebewesen, welches Bewusstsein zu erzeugen in der Lage ist, generiert eine eigene Vorstellung (eben subjektive Beziehung) zu dieser einen allgemeingültigen Objektivität des Seins. Finden mehrere Individuen einen Konsens über ein Konglomerat ähnlicher Weltvorstellungen, dann wird dies für diese Lebewesen zur ‚normalen' Realität. Alles, was sich für uns also konkret manifestiert, entspricht demzufolge nichts anderem, als einer Übereinkunft, dass etwas so sein soll, wie man es miteinander annimmt. Die Schöpfung drückt sich dabei über die bewusstseinsfähigen Lebewesen (bzw. über das Bewusstsein) hinaus im gesamten universalen System aus, um sich selbst zu beweisen. Das bedeutet, dass nichts existiert, was nicht in irgendeiner Weise als Vorstellung denkbar wäre. Alle Gedanken und alle Gefühle bilden somit die Welt bzw. das Weltbild des Individuums. Und genau darin liegt auch der Sinn unseres Daseins: Wir Menschen sind dazu verpflichtet, unser Erdachtes und Erfühltes und damit unsere Erfahrungen zu untersuchen, Zusammenhänge zu erkennen und Ideen zu verwirklichen. Wir müssen uns ausdrücken, und zwar möglichst individuell!

Ein Mensch, der das versteht, kommt vorwärts, indem er von Inkorporierung zu Inkorporierung (samt Inkarnation und Individuation) mehr Ausdrucksfähigkeit in sich vereinigen kann. Menschen, die das nicht (sofort) verstehen können und/oder wollen, werden zurückgestuft, indem sie bezüglich ihrer Ausdrucksfähigkeiten gesplittet werden. Das bedeutet, dass alle Dinge, die uns im Laufe unseres Lebens begegnen, stets ein Teil von uns selbst sind. Oder umgekehrt ausgedrückt: Wir sind immer ein Teil eines übergeordneten Organismus.

Und damit beantwortet sich schlussendlich auch deine Frage: Alles, was je geschrieben und verwirklicht worden ist, hat seinen Bestand. Es ist ein Teil des Ganzen. Jede Art von Universum, jede mögliche Lebensform und Kreatur, sämtliche Geschichten und Ereignisse in dieser und in anderen Welten, alles ist real und gleichzeitig vorhanden. Die Schöpfung ist eine beeindruckend komplexe Struktur! Ihr Code ist übrigens die Kreiszahl Pi. Die ersten drei Zahlen drücken die göttliche Dreifaltigkeit von These (=Yang), Antithese (=Yin) und Synthese (=Tao) aus. Der folgende ewig und unendlich verlaufende Bruch beinhaltet in puristisch codierter Form sämtliche Ausdrucksmöglichkeiten des gesamten Daseins auf allen erdenklichen Ebenen.

So, das war mal ein wenig Geistesarbeit zum Aufwärmen. In diesem Sinne bis wieder in unserem, oft herrlich absurden Weltentheater.

Mit herzlichen Grüßen
Dein Druide

Montag, 06. Februar 2017: Das Gefecht

Ich hatte vergangene Nacht wieder einen eigenartigen Traum. Ich trug eine Uniform und war so etwas wie ein „Lichtwächter" in einem Park voller Kreaturen der Nacht. Das heißt, ich musste Sorge tragen, dass das Licht nicht erlischt. Denn andernfalls hätte es dramatische Folgen gegeben. Die Kreaturen wären an die Macht gelangt und hätten gewonnen. So ganz verstanden hatte ich dieses Wirrwarr nicht. Nur über meine Funktion war ich mir ziemlich sicher. Merkwürdig war auch, dass der Unternehmer und der Buchhalter mit von der Partie waren. Sie spürten die Wesen auf, die meinem Lichtstrahl entwischt waren. Doch plötzlich verfolgten die beiden eine entflohene Kreatur, die nicht mehr auffindbar war. Ich leuchtete ihnen den Weg, aber schon nach kurz darauf verschwanden sie in vollkommener Dunkelheit und tauchten auch nicht wieder auf. Dafür war das Wesen auf einmal wieder da und stand unweit von mir entfernt. Es fixierte mich mit seinem starren Blick und kam dann langsam auf mich zu. Ich rief nach meinen Freunden, doch eine Antwort blieb aus. Auch das Licht war zwischenzeitlich erloschen und sah mich hilflos dieser Bestie gegenüber … Dann bin ich aufgewacht.

Was dieser Traum zu bedeuten hat, weiß ich nicht, doch er war ziemlich bildhaft gewesen. Ich sollte vorm Schlafengehen wohl wirklich nicht mehr zocken. Dennoch dachte ich eine Weile über diesen Traum nach und darüber, was er womöglich aussagte. Hatte ich in meinem Unterbewusstsein vielleicht sogar Angst, allein gelassen zu werden und auf mich selbst gestellt zu sein? Oder auch meine Freunde zu verlieren?

Mittwoch, 08. Februar 2017: Kosmen, Symbolik und Heilung

Neue Mail vom Druiden:

Dein Hirn hört aber auch nie auf, zu arbeiten. Und das ist gut so. ‚Carpe Diem' heißt für uns spezielle Menschen also nicht nur, dass wir den Tag nutzen sollen, sondern viel mehr. Es bedeutet, dass wir unsere Lebensspanne zur Suche, Erkenntnis und Verwirklichung unseres Seins und der damit verbundenen Lebensaufgabe nutzen sollen. Jeder Mensch wird automatisch in das Konzept hinein katapultiert, welches gegenwärtig für ihn oder sie vorbestimmt ist. Dies ist die Inkorporation. Jedes menschliche Wesen (oder auch bewusstseinsfähiges System sein wie etwa ein biologisch-mechanischer Hybrid oder bionisch-elektronischer Android), welches in der Lage ist, sich selbst bewusst zu erfassen, wird mit mal mehr oder weniger Ausdrucksfähigkeiten geboren.

Dies heißt, dass das Bewusstsein, welches die Schöpfung ,konstruiert', um sich damit selbst zu beweisen, permanent und vollständig vorhanden ist. Und zwar in allen Aspekten des Universums. Was auch nur logisch ist, weil auch Materie und Energie nie verloren gehen, sondern lediglich ihre Aggregatzustände wechseln:
Mikrokosmos = Alle Dinge, welche kleiner als das Subnukleare sind.
Makrokosmos = Alle Dinge, welche größer als unser Universum sind.
Mesokosmos = Sämtliche Dinge, welche ,unseren' Materie/Energie-Ebenen entsprechen.

Um mir diese sogenannten ,kosmischen Dinge' besser imaginieren zu können, stelle ich mir vor, dass man dafür Mikroskope (Mikrokosmos), Teleskope (Makrokosmos) und Fernrohre (Mesokosmos) benutzt. Demnach optische Hilfsmittel, welche mit Licht funktionieren. Ich grenze mich damit technisch also bewusst ein, um mir überhaupt eine Vorstellung machen zu können. Denn selbstverständlich gibt es ja noch andere Sinne bzw. technische Übersetzungen davon, mittels welcher sich die universale Umwelt erkennen und erforschen lässt. Spannend dabei finde ich vor allem die Möglichkeit, dass man mittels eines

Systems verwinkelter Spiegel am Schluss sich selbst von hinten sehen könnte. Genau, wie man mit einem leistungsstarken Fernrohr dabei wäre, einmal rund um die Welt herum zu schauen. Solche Spiegel wurden in der Antike gerne benutzt, um Licht ins Dunkel zu bringen. Das ist übrigens eine wichtige Metapher, wie wir die Welt erfassen (siehe Platons Höhlengleichnis). Die sogenannten Pueblo-Indianer in New Mexico nutzen davon polierte Brustharnische, die sie einst den Spaniern abgenommen hatten. Die Frage ist also jeweils, wie viele Splits es davon für einen höheren Bewusstseins-Organismus gibt. Jeder von uns ist demnach ein kleines Stück vom Schicksal geprägtes Bewusstsein und damit Teil eines übergeordneten Systems. Dies ist auch die eigentliche Inkarnation, welche für jeden Menschen von der Zeugung bis etwa zum zwanzigsten Lebensjahr eine absolut individuelle Prägung verleiht.

Genauso, wie es beispielsweise in uns selbst untergeordnete Teile gibt, bedeutet dies, dass jedes einzelne Organ deines Körpers über ein eigenes Bewusstsein verfügt, welches ein Teil deines Gesamt-Bewusstseins ausmacht.

So ist dann auch jedes Organ in sich wieder ein übergeordneter Bewusstseins-Speicher für zahlreiche Spezialgewebe und jede einzelne Zelle darin verfügt über spezifische Zell-Organellen. Dieses System

besteht demnach in zwei Varianten:
Nach innen immer kleiner (=esoterisch/endogen).
Diese Bereiche wurden in der Antike auch als
‚Pandämonium' bezeichnet.
Nach außen immer größer (=exoterisch/exogen).
Diese Bereiche wurden in der Antike auch als
‚Panangelium' bezeichnet.

Jede dieser System-Ebenen umfasst ein eigenes
Bewusstsein (in der Physik umschließt dies die
sogenannte Emergenz). Ist ein jeweiliges System
gesund, dann ist es durchaus fähig, die universale
Verbundenheit mit unter-, über- und gleich
geordneten Systemen zu begreifen. Ist es krank,
erfasst es sich als zunehmend isoliert. Wenn man also
beispielsweise mit den Augen (als lichtempfindliche
Sinnesorgane) Probleme hat, steht dies symbolisch
dafür, dass man mit dem engeren Beziehungsgeflecht
in Konflikt steht. Dieses kann die Ebene der
Großeltern, Eltern, Geschwister, Kinder und
Kindeskinder sowie Partnern und Partnerinnen
beziehungsweise den Freundeskreis betreffen.
Folglich auch Beziehung mit allen unter- oder
übergeordneten Instanzen. Solche Symbolik zu
analysieren und deren geistigen und körperlichen
Einprägungen diametral umzuwandeln, darin besteht
für Individuen der eigentliche Sinn des Lebens. Dies
bezeichnet auch die viel besagte Individuation als die
Suche, Erkenntnis und Verwirklichung der eigenen

Lebensaufgabe, welche nie leicht ist und alles von uns Menschen fordert.

Jetzt verstehst Du vielleicht auch, wie ich jeden Menschen, der mir im Leben begegnet auf seinen Individuationsgehalt hin prüfe. Diejenigen Systeme, welche weniger schnell als ich schwingen (damit meine ich die mir untergeordneten Bewusstseins-Splits), zeigen dies eher reflexartig, zufällig und materiell. Hingegen diejenigen Systeme, welche schneller als ich selbst schwingen (mir demnach übergeordnete Bewusstseins-Organismen), zeigen dies eher bedacht, gezielt und ideell. Und damit komme ich zu deinem ständigen Geld-Problem. Du hast einen sensiblen, manchmal schwankenden Selbstwert. Den brauchst du, damit du nicht größenwahnsinnig wirst. Das Schicksal hat dir demzufolge eine Prägung gegeben, welche dich in puncto materieller Macht etwas kleinhält. Dafür gewinnst du jedoch schrittweise mehr ideellen Einfluss in der Welt. IDO-Menschen versuchen, sich ideell zu verwirklichen. Im Gegensatz dazu suchen MNA-Sklaven (Materialist - Nihilist - Amoralist) die materialisierte Form davon. Materielle Form = Hülle. Ideelle Funktion = Inhalt. Selbstverständlich braucht es beides im Dasein eines jeden Individuums. Denn jeder von uns benötigt etwas materielle Macht, um ideellen Einfluss zu gewinnen. Wie viel von was, das gehört explizit zur persönlichen Selbstfindung. Doch letztlich liegt die absolute

Antwort immer in der vollkommenen Erkenntnis als universales Super- und Supra-Bewusstsein. Gewisse Religionen meinen damit auch die Vergöttlichung von Menschen.

 Wie kannst Du nun nach diesem ‚kleinen' philosophischen Exkurs deinen Weg konkret verbessern, obwohl dich die Situation ja erkennbar hindert? Ganz einfach: Meditiere vor dem Einschlafen und programmiere dich auf Erkenntnisse in Bezug auf deinen Job. Die Antwort wird dir von deinem persönlichen Panangelium auf jeden Fall gegeben, denn es gehört schließlich zu dir. Oder umgekehrt gesagt: Geht es Dir nicht gut, dann bist du für deinen übergeordneten Organismus wie ein erkranktes Organ. Um welche Krankheit es sich für diese dir übergeordnete Instanz handelt, muss sie dann ebenfalls individuell erkennen und lösen. Und genauso, wie du dich um die Heilung deiner erkrankten Organe kümmerst, sorgt sich dein höher gestelltes Wesen um dich beziehungsweise um deine Heilung. Du wirst demnach symbolische Nachrichten erhalten, die es zu entschlüsseln gilt. Etwas, das sich als überaus spannend erweisen kann. Sobald Du die entsprechenden Informationen decodiert hast und verstehst, um was es sich handelt, wirst du einen Arbeitgeber finden, der nun als Pandämonium bereits auf Dich wartet. Dieser wird dich um Dich beispielsweise in Form eines Sponsorings unterstützen. Du bist also ein übergeordneter Teil deines neuen Jobs und machst bei deiner Heilung auch gleich den Jobgeber-Instanz gesund. Du wirst sehen, es klappt schneller, als du es dir vorstellen kannst. Du musst dich nur aus der engen Schachtel des geistigen Horizonts schälen, die dich zurzeit noch in Beschlag genommen hat. Damit meine ich aber die Begrenzung in dir drin, nicht die deiner Wohnung beziehungsweise der menschlichen Umgebung. Denn dein Kleines ist ein Katalysator für deine Arbeit. Du musst also gar nichts tun, außer die oben genannten Schritte bewusst anzugehen und ebenso sorgfältig wirken zu lassen.

So, jetzt widme ich mich wieder komplexeren Dingen. Nein, nein, das war nur ein kleiner Witz am Rande, damit der Humor nicht auf der Strecke bleibt.

Bis bald wieder und herzliche Grüße
Dein Druide

Dienstag, 18. April 2017 – Zweifel und Kritik

Guten Morgen lieber Ovate,
Der Zeichner schreibt hervorragend und gibt richtig gute Ratschläge. Hut ab, ich bin beeindruckt. Bezüglich Deines Schreibens an XX habe ich mir schon so meine Gedanken gemacht. Man merkt eben, dass du über das Desinteresse und die Trägheit der Druiden-Brüder frustriert bist. Ich kann dazu leider nichts anderes sagen, als dass du recht hast. Dennoch würde ich die Flinte nicht zu schnell ins Korn werfen. Bei manchen Dingen braucht es einfach viel mehr Zeit, hinter die Kulissen zu blicken, als bei anderen. Der Druidenorden besteht heute nur noch als eine Art historische Hülle wie ein altes Gemälde in einem unbekannten Museum in der Provinz. Dennoch gibt es lebendige Zugänge in die hermetischen Hintergründe und aktuellen Weltbezüge. Das Problem ist, man muss Geduld und Zeit dafür haben, es in Ruhe und mit Besonnenheit zu entdecken. Wenn man sich lediglich auf die Menschen im Druidenorden verlassen wollte, die scheinbar das Sagen haben, wird man zwangsläufig enttäuscht werden. Wenn man sich aber diejenigen aussucht, welche als seltene Perlen gelten, kann man schon gewisse Freundschaften aufbauen, die von Dauer sind.

Einen Fehler darfst du als junger Mensch in einer unglaublich stark konsumorientierten Generation aber nicht machen. Zu glauben, irgendjemand schulde dir etwas, wäre ein solcher Fehler. Wenn der Orden nicht in der Lage ist, seinen Claim ‚Wissen ist Macht' dir gegenüber in dem von dir erwarteten und erhofften Sinne zu erfüllen, solltest du deine eigene Einstellung überprüfen. Der Orden verfügt über dieses Wissen. Nur ist es in den Archiven am Verstauben, weil sich keiner beziehungsweise kaum einer der Brüder mehr dafür interessiert. Die Zeit ist einfach zu schnelllebig geworden, als dass man sich auf Spurensuche machen kann. Ich hatte glücklicherweise genügend Zeit, um in den letzten zehn Jahren auf diese Spurensuche speziell im Zusammenhang mit dem Druidentum zu gehen. Es waren also nicht die mehr oder minder schönen oder auch weniger schönen Erlebnisse, welche ich mit den Brüdern hatte, sondern meine eigene Forschung, welche mich zu meinen Erkenntnissen geführt hat.

Der Druidenorden kann deshalb als formale Hülle betrachtet und genutzt werden, um innere wie auch äußere Dinge zu suchen, zu finden und sie zu verwirklichen. Ob das für dich zutrifft oder nicht, kannst letztlich nur du selbst beurteilen. Meiner Meinung nach sollten die jüngeren Brüder ab Ende des Jahres endlich mehr Engagement für die Salix-Alba-Loge aufbringen. Die alten Knacker (und dazu zähle ich auch mich) schaffen es wohl nicht mehr, leider. Aber sie haben ihre Leistungen durchaus erbracht, als sie vor Jahren mit großem Elan das Projekt SAL ins Leben gerufen haben. Diesen Ehrgeiz vermisse ich ehrlich gesagt bei euch jüngeren Mitgliedern. Jeder ist (verständlicherweise) sehr mit sich selbst beschäftigt und erwartet von der SAL irgendwelche Events, Wunder und Wissen. Dabei seid ihr es, die euch zusammenraufen müsst, um die SAL in die Zukunft führen. Der Buchhalter und ich werden ab dem nächsten Jahr von unseren Posten abtreten beziehungsweise ins hintere Glied rücken. Bei uns sagt man sogar ‚in die Reihen der Brüder zurück'. Dann müssten alle jüngeren Mannsbilder ran und diese eigentlich sehr gute Loge neu erfinden und weiter in die Zukunft führen. Eben mit solchen Gedanken, wie du sie ohnehin hegst und pflegst.

Also bevor du zurücktrittst, überlege dir vielleicht erst einmal, ob du als Kopf einer solchen Institution nicht als Beispiel dienen könntest, damit sich neue Mitglieder einfinden, die über die rein formale Logenhülle hinweg ganz neuen Input mitbringen. Das wäre meines Erachtens nach der aktive Weg, mit den zweifeln umzugehen. Sich einfach zurückzuziehen ist zwar verständlich, aber zeugt nicht gerade von Kampfgeist. Ich selbst musste in diesem Druiden-Konstrukt viele Kämpfe durchstehen und sie haben mich auch um Einiges reifer werden lassen. Und ich bin mir sicher, dass es auch dem Buchhalter so ergangen ist. Also überlege dir jeden einzelnen Schritt nochmals genau, mein lieber Freund. Vielleicht kommst du dabei sogar auch auf ganz andere Gedanken und Lösungen.

Herzlichst
Dein Druide

Donnerstag, 20. April 2017: Shootingtermin mit der Fotografin

Heute stand ein Fotoshooting mit einer professionellen Fotografin an. Das Ganze war schon länger geplant und ich war bereits gestern schon ziemlich aufgeregt gewesen. Meine Nervosität hatte mir sogar eine unruhige Nacht beschert, wodurch ich mich nun leider todmüde quälen musste. Meine Freundin war bereits am Vorabend alleine nach Gersau gereist, was genauso sehr zu meinem Schlafmangel beitrug, wie die Aussicht auf das Fotoshooting mit einer überaus talentierten Fotografin. Dazu kam noch, dass eine unserer Katzen wieder herumspann und mich nicht mehr schlafen lassen wollte. Die Sterne standen also gänzlich schlecht für einen erholten Start in den Tag. Mein ein lieber ‚Mister' (so sein Name) kam in der Nacht, ich glaube, es war gegen 3 Uhr morgens, auch auf die glorreiche Idee, unseren Staubsaugerroboter einzuschalten, damit dieser eine Nachtschicht einlegt und dabei natürlich ordentlich lärmt. Wegen des Lärms des Saugers konnte ich natürlich nicht mehr ruhig schlafen, da dieses Geräusch einem den Schlaf unweigerlich raubt. Um jegliche Nachtruhe beraubt, habe ich den „START"-Knopf mit einem schweren Gegenstand, damit mein Kater ihn nicht wieder anstellen konnte. Um 5 Uhr war ‚Mister' der Meinung, dass es an der Zeit für Frühstück war und kratzte an der Tür. Schließlich war er ja schon wieder am Verhungern. Also musste ich wieder aufstehen. Da ich sowieso um 05:30 Uhr aufstehen wollte, entschied ich mich gleich wach zu bleiben und der Verlockung, zurück ins Bett zu huschen, zu widerstehen. Noch immer schlaftrunken schlurfte ich in die Küche und gab den Katzen ihre unverdiente Mahlzeit. Im Hintergrund tat der Wischroboter emsig sein Werk. Offenbar hatten sie ihn doch wieder eingeschaltet.

Ich trank ein Glas Wasser und bereitete meinen Eiweiß-Shake vor, den ich nach dem Training benötigen würde. Im Badezimmer musste ich dann noch das Katzenklo reinigen. Ab 05:45 Uhr war dann Training angesagt. Heute stand Ausdauer auf dem Programm. So früh zu trainieren gehört nicht zu meinen liebsten Beschäftigungen, erinnert mich Frühsport doch zu sehr an die Zeit in der RS

(Rekrutenschule) bei den Panzergrenadieren. Keine Frage, es tat trotzdem gut und der Vorteil bestand darin, dass ich den ganzen Tag hoch motiviert und voller Energie war. Aber für mich als leidenschaftlicher Langschläfer kostete das immer Überwindung. Doch ich war an wenig Schlaf sowieso gewöhnt, denn als Vater eines Kleinkindes ist Schlaf wahrlich zum Luxus geworden. Zudem ist die Gewöhnung an Schlafmangel und der Umgang damit für das Mars One Projekt sowieso nötig. Also was soll's.

Seit ich im Mars One Projekt bin, versuche ich jede freie Minute zu planen und alles, was unnötigen Zeitaufwand bedeutet, zu minimieren. In diesem Zusammenhang suche ich auch nach Lösungen, wie ich meinen Tagesablauf optimieren kann. Daher bin ich ein riesiger Fan von Robotertechnologien und wäre vermutlich der Erste, der sich einen Haushaltsroboter wie den bei „iRobot" zulegen würde. Das wäre echt genial. Als Optimist bin ich auch der Meinung, dass Robotertechnologie uns das Leben vereinfachen kann und somit in Zukunft viele neue Möglichkeiten bieten wird.

So wollte ich nun zum Fitnessstudio aufbrechen und stand plötzlich vor der nächsten Überraschung. Die Scheiben des Wagens waren gefroren und warteten darauf, von mir freigekratzt zu werden. Die Kälte selbst machte mir nicht viel aus. Ich sah sie so ein bisschen als Kaffee-Ersatz. Nun war ich hellwach und bereit fürs Training. Das Fitness-Studio befindet sich nur wenige Minuten entfernt in Aadorf. Mit dem Auto ein Katzensprung. Es ist ein einfaches und günstiges Studio, das aber mit super Öffnungszeiten punkten kann. Es hat bereits ab 5 Uhr geöffnet und schließt seine Pforten erst um 23:45 Uhr. Dort angekommen war ich noch der Einzige und musste erst einmal das Licht einschalten. Danach begann ich sogleich mit meinem Training, welches rund eine Stunde dauerte. Je 30 Minuten Ausdauer und 30 Minuten Kraft-Ausdauer.

Nach dem Training trank ich meinen Eiweiß-Shake, duschte und machte mich auf den Weg nach Pfäffikon, zur Arbeit. Ich bin dort bei einem Automationsunternehmen als Verkaufsberater für Industrie-Elektronik beschäftigt. Um 15 Uhr war ich mit dem Verkaufsgespräch bei einem unserer Kunden fertig und durfte sogar früher in den Feierabend, was keine Selbstverständlichkeit ist. Doch meine Freundin und ich hatten uns um 16 Uhr in Gersau zum Familienshooting verabredet und daher hatte mein Chef ein Nachsehen mit mir. Ich traf genau um 16:05 Uhr in Gersau ein, also leider nicht vollends pünktlich. Meine Freundin und die Fotografin waren bereits voll in ihrem Element. Es waren schon einige schöne Bilder geschossen. Sogar unsere Tochter schien dabei ihren Spaß zu haben. Fast zeitgleich mit meiner Ankunft erhielt ich eine E-Mail von meinem Verlag, dass das Buchcover nun fertig sei. Ich war hin und weg, denn der Verlag hatte meine Vision gestalterisch perfekt umgesetzt. Das Fotoshooting ging dann nun auch für los und das Baby, meine Freundin und ich durften gemeinsam für viele tolle Aufnahmen posieren. Die Fotografin machte ihre Arbeit sehr gut und die Vorschaubilder, die wir bereits an ihrem Laptop anschauen durften, konnten sich sehen lassen. Nachdem das ganze Shooting vorüber war, aßen wir noch bei der Mutter meiner Freundin zu Abend und machten uns danach gegen 19 Uhr wieder auf den Heimweg. Die Fahrt von Gersau nach Elgg ZH dauerte ungefähr 1,5 Stunden. Diese Zeit nutzen meine Freundin und ich oft für Hörbücher. Aktuell ist es „Fettlogik" von Nadja Hermann. Ein geniales Buch über die Ernährung und die Zusammenhänge zwischen Kalorien und Gewichtszunahme beziehungsweise -abnahme.

Ungefähr um 21 Uhr kamen wir wieder zu Hause an. Natürlich begrüßten uns die Katzen recht stürmisch, jedoch mit dem Hintergedanken nach Futter. Wie könnte es anders sein, schließlich waren sie ja schon wieder am Verhungern, so wie alle paar Stunden. Auch befand sich die Wohnung wieder in einem Zustand, den ich „Katzenordnung" nenne. Es kommt mir vor, dass jedes Mal, wenn unsere Katzen alleine daheim sein müssen, ihren Frust darüber an allem, was nicht niet- und nagelfest war, ausließen. Meine Freundin kümmerte sich noch um unsere Kleine und ich öffnete euphorisch mein Mailfach und erteilte dem Verlag noch am selben Abend die Freigabe für das Buchcover. Irgendwann gegen Mitternacht gingen wir hundemüde ins Bett und schliefen auch sogleich ein.

Eigentlich ein Tag wie fast jeder andere auch. Sehr lange, sehr spannend mit vielen Herausforderungen und einer Unmenge an Dingen, die es zu erledigen galt. Der heutige Tag ist ein gutes Beispiel dafür, wie meine anderen Tage ungefähr aussehen, abgesehen vom Fotoshooting natürlich. Jeder einzelne davon hat viel zu bieten und ich freue mich jeden Morgen aufs Neue, die wunderbaren Dinge des täglichen Lebens zu erfahren. Und auch, wenn es oftmals anstrengend ist, so darf ich doch mit gutem Gewissen behaupten, dass ich ein sehr erfülltes Leben habe. Meine Tochter und meine Freundin dürfen, wann immer es möglich ist, bei mir sein und mir ist es sehr wichtig, dass wir viel gemeinsame Zeit verbringen.

Donnerstag, 27. April 2017: Der Banker und das Kind

Ich saß am Computer und surfte im Internet. Als ich dabei Suchbegriffe wie „Bank", „Europa" und Ähnliches in die Suchzeile eingab, dachte mir nicht viel. Per Zufall stieß ich dann auf einen Artikel, der mir so nicht ganz unbekannt war. Den Inhalt kannte ich zuvor zwar nicht im Detail, aber der Text erinnerte mich doch sehr stark an die vom Druiden beschriebenen MNA (Materialist - Nihilist - Amoralist). Dieser Text verdeutliche ganz offenkundig das, was MNA sind: Psychopathen ohne Moral, Gewissen und Reue, seelenlose Geschöpfe, Monster.

In diesem Text von Jason Mason steht geschrieben, dass der holländische Banker Ronald Bernard auf einer Party aufgefordert worden sei, ein Kind als rituelle Opfergabe zu töten. Das war ihm jedoch zu viel, sodass er schließlich ausstieg, diesen Kreis verließ und danach sein Schweigen in einem TV-Interview mit einem holländischen Sender brach. Er sprach darüber, wie diese satanische Elite Kindsopferungen durchführt, mit dem Ziel, ihre Mitglieder zu testen und zu erpressen. Ronald sei im Zuge seiner Karriere langsam in diese Kreise eingeführt worden und tat eine Warnung, dass er nur beitreten solle, wenn er zu 100 % kein Gewissen mehr habe, als Scherz ab. Dabei wurde er mit der Zeit immer „trainiert". Eine Gehirnwäsche, die ihn zum Psychopathen machen sollte, doch er versagte und sein Gewissen meldete sich zu Wort. Im Interview berichtet er auch, darin verwickelt gewesen zu sein, die italienische Wirtschaft zu zerstören und große Unternehmen bankrott zu machen. Selbiges führte zu Selbstmorden und Zerstörung. Für seine Banker-Kollegen war dies jedoch ein Erfolg und Grund zum Feiern. Man lachte darüber, dass ein Besitzer eines dieser Unternehmen Selbstmord beging und seine eine Familie hinterließ, nachdem sie ihn in den Ruin getrieben hatten. Generell wurde auf Menschen herab gesehen. Sie wurden verspottet und wie Müll behandelt.

Roland war bereits tief in den Zirkeln der Illuminati und hatte einen lebenslang gültigen Vertrag unterzeichnen müssen. Die meisten dieser Leute, die dazugehörten, waren Luziferaner. Anfangs hielt er wohl vieles für ein Ammenmärchen, doch die Mitglieder hätten ihre eigene Realität und dienen etwas Immateriellem, was sie ‚Luzifer' nennen. Der Banker berichtete weiter darüber, zu Plätzen mitgenommen worden zu sein, die als Kirchen Satans galten. Diese Orte besuchten sie vor allem, um ihre heiligen Messen abzuhalten, nackte Frauen, Alkohol und Drogen waren dabei keine Seltenheit. Anfangs amüsierte es ihn und er glaubte das Böse und die Dunkelheit nur in den Menschen selbst sei. Die Verbindung habe er erst später erkannt. Er genoss die Zwanglosigkeit bis zu dem Punkt, an dem er zur Teilnahme an Opferungen im Ausland eingeladen wurde. Es waren Kinder gewesen, die er dort rituell ermorden sollte, was er schließlich nicht übers Herz brachte. Danach sei er langsam zusammengebrochen, habe er doch selbst eine schwere Kindheit erlebt und viel durchmachen müssen. Folglich begann er, gewisse Aufgaben zu verweigern und konnte seinen Job nicht weiter ausführen, was ihn zu einer Gefahr machte. Schließlich war er nicht mehr in der Lage gewesen, optimal zu funktionieren.

Weiterhin behaupte Ronald, dass der Grund in allem, was in der Welt passiere, darin liege, dass sie jeden in der Tasche hätten. Jedes Mitglied solle manipulierbar und erpressbar sein. Bei ihm versuchten sie es über diese Kinder. Auf diese Weise seien Politiker auf der ganzen Welt bereits erpresst worden. Selbst im Netz finde man mehr als genug Zeugenaussagen, um zu bestätigen, dass die Illuminati diese Taktik bereits seit Tausenden von Jahren verwenden. Ronald studierte früher einmal Theologie und habe selbst in der Bibel Hinweise über derartige Praktiken bei den Israeliten gefunden. Schon damals seien Opfermorde an Kindern praktiziert worden. Seit seinen Erfahrungen glaube er zudem an eine zerstörende Kraft, die unsere Werte und unsere Courage wie auch die Schöpfung und das Leben hasse und in der Absicht handle, alles zu tun, um uns komplett zu zerstören. Der Weg, solche Vorhaben zu realisieren liege darin, die Menschheit zu spalten. Dies geschehe ohnehin durch die Unterteilung in politische Parteien oder der Andersbehandlung bei verschiedenen Hautfarben. Vom luziferischen Standpunkt aus könne man allein auf dieser Grundlage ihre volle Macht unterdrücken.

Die Geschichten, welche ich vom Druiden gehört habe, waren ähnlich. Auch er hatte Dinge erlebt, die sich in ähnlicher Art abgespielt hatten. Grausam und für die meisten unvorstellbar. Bei all dieser erschreckenden Brutalität frage ich mich: Was wird uns die Zukunft noch alles offenbaren? Vielleicht machen Sie sich lieber Leser und liebe Leserin ihre eigenen Gedanken dazu.

Freitag, 28. April 2017: Diskussion zur Staatsverschuldung

Mail des Druiden:

Anbei sende ich Dir eine Korrespondenz mit einem hiesigen Bruder. Wie du siehst, ab und zu beschäftigen sich doch noch ein paar von uns mit den Zeichen der Zeit. Dein gestriges Schreiben betreffend den Machenschaften der MNA (Materialist - Nihilist - Amoralist) bekräftigt genau das, was ich dir darüber berichtet habe. Auch, wenn diese Art der Prüfung eher zu einer Seltenheit geworden ist, da es mittlerweile subtilere und weniger brachiale Methoden der Loyalitäts-Selektion gibt, kommt auf diese Weise vor allem das beabsichtigte Ziel dahinter klar zum Vorschein. Man versucht, die ausgewählten Mitglieder so lange zu beeinflussen und zu manipulieren, bis sie absolut ruchlos und skrupellos und damit psychotisch geworden sind. Zur Aufklärung: Psychopathisch wird man geboren. Gerät jemand, der an sich noch gesund bzw. lediglich neurotisch ist, in so einen Zustand der individuellen Entmenschlichung, dann nennt man dies ‚psychotisch'. Und daraus kommt man nicht mehr ohne fremde Hilfe heraus. Stirbt man so, dann wird man psychopathisch wiedergeboren und dies ist auch mit fremder Hilfe nicht heilbar. Ich bin nach wie vor konsequent daran interessiert, IDO (Inkorperation -

Determination - Ordonation) als Gegenposition aufzubauen. Sobald wir uns wiedersehen, kannst Du dich auch gern selbst davon überzeugen.

Mail des Druiden an alle Brüder:

Liebe Brüder,

unser Bruder Michael hatte mit seinen Ausführungen zum BREXIT eine interessante Diskussion über den EURO und die Verschuldung der EURO-Länder ausgelöst. Diese Verschuldung steht jedoch nicht allein, sondern ist ein generelles und weltweites Problem. Nach letzten Daten haben die Staatsverschuldungen weltweit stark durch die Null-Zinspolitik und die Flutung der Märkte durch Gelder der Zentralbanken zugenommen. In Jahr 2016 waren es weltweit 202 Billionen Dollar. Das entspricht 325% der Weltwirtschaftsleistung. 160 Billionen davon umfassen allein die Schulden der Industriestaaten (G20). Wünschenswert sind laut Maastricht etwa 60% des Bruttoinlandsproduktes. Von einer Schuldentilgung spricht inzwischen keiner mehr. Die Zentralbanken überschwemmen die Länder mit Geld, sodass schon Zinsen auf das Sparguthaben erhoben werden und eine „Erste Bank" Zinsen für Kredite zahlt. Weil keiner mehr weiß, wohin mit dem Geld. Die Null Zinspolitik der Europäischen Zentralbank (EZB) bringt Banken, Versicherungen und Pensionskassen in Not, weil sie keine Rendite mehr erwirtschaften können. Die nachfolgende Statistik ist für Länder wie die USA, Israel, Spanien, Frankreich, Italien, Saudi-Arabien, Portugal und Irland überholt. Länder wie Russland, China und Indien sind hingegen kaum verschuldet. Deutschland ist mit 2,2 Billionen direkt verschuldet, das sind in etwa 85% des BIPs. Hinzu kommen 800 Milliarden Euro aus der Haftung für Staatsschulden im Besitz der EZB. Falls diese ausfallen, folglich 3 Billionen Euro. Die USA sind derzeit mit ca. 25 Billionen verschuldet, was ca. 100% des BIPs entspricht. Ich verstehe nicht, wie dieses System auf Dauer weiter funktionieren soll und kann. Wann kommt der große Crash? Als Kaufmann würde ich sagen das alles ist betrügerischer Bankrott.

Gruß, Euer Druide

Statistik zur Staatsverschuldung
Die Staatsverschuldung bezeichnet die zusammengefassten Schulden eines Staates oder anders formuliert: die vom Staat geschuldeten Gesamtforderungen der Kredit gebenden Gläubiger an den Staat. Die Staatsverschuldung wird dabei in der Regel als Bruttowert betrachtet. Das bedeutet, dass die Verbindlichkeiten gegenüber Dritten nicht um die Forderungen des Staates gegenüber Dritten vermindert werden. Wenn man die Verschuldungen verschiedener Länder vergleichen will, muss dabei natürlich berücksichtigt werden, dass die jeweiligen Volkswirtschaften unterschiedlich groß sind. Deshalb

setzt man für Vergleiche die Gesamtverschuldung in Beziehung zum Bruttoinlandsprodukt (BIP).

Beispiel:

Japans Staatsverschuldung beträgt 227,7% des BIP. Das heißt, dass die gesamte japanische Volkswirtschaft 2,277 Jahre arbeiten und die Erlöse daraus vollständig an die Gläubiger des japanischen Staats abgeben müsste, um ihre Staatsschuld zu tilgen. Für EU-Mitglieder (und hier insbesondere Mitglieder des Euro-Systems) gilt gemäß der Maastrichter Konvergenzkriterien, dass der öffentliche Schuldenstand im Verhältnis zum nominalen Bruttoinlandsprodukt (sogenannte Schuldenquote) einen Wert von 60% nicht überschreiten soll. Die nachfolgende Statistik führt die 25 höchstverschuldetsten Länder der Welt aus dem Bezugsjahr 2014 auf.

Staatsverschuldung in % vom BIP:

1) Japan: 227,70%
2) Simbabwe: 181,00%
3) Griechenland: 174,50%
4) Libanon: 142,40%
5) Italien: 134,10%
6) Jamaika: 132,00%
7) Portugal: 131,00%
8) Zypern: 119,40%
9) Irland: 118,90%

10) Grenada: 110,00%

11) Singapur: 106,70%

12) Belgien: 101,90%

13) Eritrea: 101,30%

14) Barbados: 101,20%

15) Spanien: 97,60%

16) Frankreich: 95,50%

17) Island: 94,00%

18) Ägypten: 93,80%

19) Puerto Rico: 93,60%

20) Kanada: 92,60%

21) Bhutan: 91,50%

22) Jordanien: 90,00%

23) Antigua und Barbuda: 89,00%

24) Großbritannien: 86,60%

25) Cabo Verde: 86,20%

Antwort eines Bruders auf die Mail des Druiden:

Lieber Druide,

Hab vielen Dank für deine Nachricht. Mir wurde dieser Plan, gewisse Industriestaaten insbesondere die Europas gezielt zu überschulden, bereits im Jahr 1992 zugetragen. Damals noch durch freimaurerische Kreise in Luxemburg / Belgien. Ich konnte es damals kaum fassen, dass so etwas mit Absicht gemacht werden würde, und tat mich vor allem schwer damit zu verstehen, wozu dies führen sollte. Nun haben wir das mittlerweile überall deutlich erkennbare Resultat. Alle diese Voraussagen, welche man mir damals offenbarte, sind inzwischen eingetroffen. Der Plan ist aufgegangen, wie ein perfekt funktionierendes Uhrwerk. Doch wem nutzt das alles (Cui bono)? Darüber habe ich lange nachgedacht, Informationen zusammengesucht und vor allem viele Insider interviewt. Das Puzzle ergab allmählich ein Bild und war in seiner Raffinesse sehr bestürzend. Leider interessieren diese Tatsachen kaum jemanden. Und wenn, dann wird es immer auf eine falsche Schiene gelenkt oder als eine der typischen Verschwörungs-Theorien verworfen. Mittlerweile habe ich aufgehört darüber zu sprechen und bereite mich und meine Familie stringent auf die kommende Situation vor. Schade, dass die meisten unserer Brüder gegenüber diesen Aspekten völlig immun sind. Denn, wo ließen sich diese besser theoretisch erörtern und auch praktisch präventiv vorbereiten bzw. umsetzen, als in unseren Logen. Vielleicht denken sie, dass man ab einem gewissen Alter nicht mehr von gesellschaftlichen Umwälzungen bzw. Kulturschocks überwältigt werden könnte. Wer weiß, was in den Köpfen unserer lieben Brüder wohl vorgeht? Manchmal denke ich, wir sollten zurück zum Status von Geheimgesellschaften kehren. Aber dafür ist es für den Druidenorden vermutlich sowieso schon zu spät.

Dein Ordensbruder

Zwischenzeit von Freitag, 28. April 2017 bis Donnerstag, 18. Mai 2017

Die letzten Wochen waren anstrengend gewesen und haben Schlaf zur Mangelware werden lassen. Einige seltsame Dinge sind vorgefallen und es scheint mir, als würde uns beziehungsweise mir ein Wandel bevorstehen. Die nächsten Kapitel drehen sich um Mail-Texte des Druiden. Diese haben meine Situation stark beeinflusst. Der Leser soll selbst entscheiden, was der Ausschlag für solche Feedbacks war. Darum lasse ich die Ursprungstexte bewusst weg.

Die eigenen Stärken erkennen und nutzen

Die Worte des Druiden:

Also ich finde, dass du dein Licht nicht zu sehr unter den Schemel stellen darfst. Denn du hast nichts geerbt und auch sonst keinen leichten Start gehabt (beispielsweise indem man dich von klein auf bildungsmäßig gefördert hätte). Du hast die meisten Dinge aus Eigeninitiative und mit viel Mut zur Aktion erreicht und es gibt nicht viele Menschen, die das von sich behaupten können. Da ist es auch völlig normal, dass man hier und da naiv an Dinge herangeht und Fehler macht, die man dann oft auch noch mit einem ordentlichen Lehrgeld bezahlt. Doch nur so kommt ein Mensch zu Erfahrungen. Und glaub mir, wenn du erst einmal so alt bist wie ich, dann erkennst du den Wert gerade dieser Dinge, welche zwar schmerzlich, aber eben auch lehrreich gewesen waren. Eine echte Persönlichkeit, die anderen Menschen als Vorbild dient, kann nur eine sein, die weiß, wovon sie spricht. Ich habe auch vom einstigen Vermögen meiner Herkunft profitieren können (wobei ich noch viel mehr investiert habe, als dein Freund).

Der quantitative Einsatz spielt dabei keine Rolle, es geht nur um die Qualität des Engagements. Jeder von uns hätte nämlich auch den bequemen Weg gehen können. So auch du. Wärst du ein Normalo geblieben, dann hättest du möglicherweise keine finanziellen Probleme. Aber du wärst nur ein Niemand in der Masse. Genauso ist das mit vielen meiner ehemaligen Freunde, Bekannten und Verwandten, die immer nur reicher wurden und werden, aber sonst nichts bringen und dementsprechend auch keinerlei Bedeutung für die Menschheit und den Fortschritt aufweisen. Ich bin mittlerweile arm, aber reich an Erfahrungen. Und wenn man weiterhin und konzentriert an sein individuelles Ziel glaubt und dieses auch konsequent und beharrlich verfolgt, dann wird man letztlich immer zu einer außergewöhnlichen Persönlichkeit werden und damit zu einem Sieger.

Nun aber konkret: Struktur zu erschaffen ist richtig. Und der Buchhalter ist auch bestimmt ein ausgezeichneter Coach. Gerade deshalb, weil er auf seinem Weg auch schon viel erfahren hat. Jeder, der dir auf deinem Pfad hilfreich zur Seite stehen möchte, muss etwas begreifen: Du bist die Marke, das Label! Es geht also nach wie vor darum, wie man aus deiner ICH-AG Kapital schlagen kann. Als Schriftsteller, Redner, Sänger, als Entertainer, als Schauspieler und Moderator. Sei dies im TV, im Radio oder noch besser: im Internet. Aber auch als Werber, Marketing-Fachmann und PR-Kanone. Du kannst alles sein, was sich für dich auszahlt. Und genau in diese Figur muss dein Investment münden. Du bist kein Firmen-Gründer oder Unternehmer-Patron. Genauso bist du auch kein normaler Arbeiter und Angestellter, das muss dir klar sein. Das meinte ich übrigens damit, als ich dir letztes Jahr versucht habe zu erklären, dass du kein cholerisches Temperament, sondern ein sanguinisches Talent aufweist.

Steve Schild ist eine gut verwertbare Marke. Aber es stimmt, dass jetzt die Kanäle konkretisiert werden müssen, wohin diese Marke zeigen und für was sie stehen soll. Denn nur so lassen sich allfällige Investoren davon überzeugen, Kapital in dich zu setzen. Und das ist in der Tat professionelle Arbeit. Dennoch hast Du die Kosten für die nächsten Schritte (im Zusammenhang mit dem Website-Relaunch) teilweise zu hoch angesetzt. Gerade in Deutschland erhält man das alles günstiger und bestimmt genauso gut. Meine Empfehlung lautet daher: Mach dir (am besten mit der Hilfe deiner Freunde) ein klares eindeutiges Markenbild von dir, deinen Tätigkeiten und Möglichkeiten. Es darf durchaus eine Kunstfigur sein (wie das Gesamtkunstwerk eines Künstlers). Für was soll die Marke „Steve Schild" stehen? Nur das ist im Augenblick wichtig und deshalb gezielt abzuklären. Daraus ergibt sich dann die neue Strategie.

Die Situation analysieren

Die Worte des Druiden:
Wenn man in einer sogenannten Schuldenfalle sitzt, dann sollte man zunächst ein paar Regeln beachten, womit du ja schon gut begonnen hast. Dazu zählen Nachfolgende:

1) Abstand nehmen und erkennen, dass die Schulden letztlich nicht so hoch sind, wie sie im Tal der Tränen zumeist erscheinen. Ich kenne Leute, die haben um einiges höhere Schulden, schlafen aber trotzdem gut. Schlussendlich sind es nur theoretische Zahlengebilde, die in der Sekunde des Todes eines Menschen keine Bedeutung mehr für ihn haben.

2) Akzeptieren, dass man Schulden hat, weil man etwas möchte beziehungsweise sich etwas erhofft. Um was handelt es sich dabei? Sind es Spielschulden, Drogensucht, Prostituierte, Konsumgüter oder eben – wie in deinem Fall – Investitionen für konstruktive Projekte, welche einem die Zukunft weisen sollen.

3) Anschließend muss man sich damit auseinandersetzen, wem man was schuldet und in welcher Zeitspanne.

Der letzte Punkt erscheint mir dabei der Wichtigste zu sein, lieber Ovate. Reflektiere, wem du etwas schuldest und wer dir überhaupt Geld gibt. Dies ist nämlich sehr entscheidend, wenn man eine Schulden-Aufstellung macht. So mögen beispielsweise Nachsteuern zwar wie eine Schuld erscheinen, aber eine wirkliche sind sie nicht. Der Staat ist nämlich kein Darlehensgeber, sondern ein reiner Nehmer. Das heißt, der Staat hat dir ja kein Geld geliehen, welches du zurückgeben musst, sondern will etwas von dir, und zwar einseitig. Diese Steuern würde ich also nicht als Schulden ansehen, sondern als eine moralisch bedeutungslose ‚Last', die du getrost hinten anstellen kannst. Bleiben also noch die tatsächlich geliehenen Gelder in Form von verzinsbaren Krediten beziehungsweise zinsfreien Darlehen. Wer hat dich bei deinen unternehmerischen Vorhaben finanziert? War es eine Bank (zum Beispiel über einen Dispo-

Kredit oder Kontokorrent bei einer Kreditkarte)? Waren es Privatpersonen? Falls ja, um wen handelt es sich dabei? Solange du kein Geld bei echten Kredithaien geliehen hast, kannst du dich relativ sicher fühlen. Das heißt, du kannst mit allen reden und einen langfristigen Plan mit ihnen aushandeln. Denn du als Marke setzt sowieso alles daran, deine Bekanntheit zu steigern. Die Kreditgeber können sich also sicher schätzen, dass du dein Potenzial ausschöpfst und es sich lohnt, in dich zu investieren.

Gestern habe ich per Zufall eine Doku über einen Typen gesehen, der als sogenannter „Naked Cowboy" seit bald zwanzig Jahren am NY Times Square Gitarre spielt und damit wacker Geld verdient. Er hat sich konsequent durchgesetzt und selbst zur Marke gemacht. Und dabei hat er ganz simpel gehandelt. Der kann dir und deinen Fähigkeinnähernd das Wasser reichen. Aber er vermarktet sich gezielt und unermüdlich. Darin ist er uns allen überlegen. Wirten nicht a werden dich dabei unterstützen, zu einem ernst zu nehmenden Breitband-Entertainer zu werden. Wie bereits erwähnt, eine Idee haben wir schon. Wir müssen nur ein paar Dinge dazu abklären, um zu erfahren, ob sich so etwas real durchziehen lässt. Jetzt geht es also darum, nicht zu verzweifeln, sondern ganz ruhig die Prioritäten zu setzen. Wichtig ist immer nur zuerst, das Wohlbefinden für dich und deine Familie zu gewährleisten, indem vor allem die

Grundbedürfnisse wie Miete und Nahrung gesichert sind. Alles andere ist vorerst unwichtig. Solange du einen Job hast und Lohn beziehst, musst du auch nicht aufs Sozialamt. Vielleicht ist es wichtig, dass du bei allen großartigen Träumen und Plänen die Dinge zwischendurch eben ganz nüchtern und objektiv analysierst. Manchmal habe ich das Gefühl, dass du deiner eigenen Ungeduld zum Opfer fällst und dann im Affekt handelst und erst im Nachhinein merkst, dass es auch etwas kostet. Ich kenne diese Sehnsucht nur zu gut. Aber ich konnte mit der Zeit lernen, vorher zu planen und dann jeweils so strategisch wie nur möglich vorzugehen.

Ich frage mich auch oft, ob es in deinem Fall (und bei deiner Intelligenz) nicht möglich wäre, eine weitere Ausbildung zu starten. Für unsere (noch geheime) Idee müssten wir dich auf jeden Fall in einen ganz bestimmten Unterricht setzen. „Mars One" ist wichtig, aber noch wichtiger ist es, dich auf ein durchaus auch mögliches Leben weiter hier auf der guten alten Erde zu coachen. Also, jetzt mach mal die Aufstellungen bezüglich des „Wer?", „Was?", „Wann?" und „Von wem?", dann schauen wir weiter, Okay? Ich wünsche dir nun weniger Sorgen und ein schönes Wochenende.

Herzlichst dein Druide

Nur Mut!

Der Druide:
Vielen Dank für deine Nachrichten. Das alles tönt für mich nicht verrückt, sondern ganz normal für jemanden wie dich, der eben nicht mit dem gewöhnlichen Mainstream schwimmt. Auf jeden Fall scheint sich der Erfolg nun langsam doch wieder zu zeigen. Und das vor allem geschäftlich. So empfinde ich zumindest deine Schilderungen. Es geht endlich vor- und aufwärts. Das freut mich sehr für dich und ich musste schon schmunzeln, als du von dem berühmt-berüchtigten ‚Jan van Helsing' berichtet hast. Ein paar Sequenzen in deinem Roman erinnern ja auch ein wenig an dessen Ausführungen oder täusche ich mich da? Heute kann man kennen, wen man will. Was früher noch im einen oder anderen Fall schwierig, geheim und verschwörerisch war, ist heutzutage längst an die Oberfläche geschwemmt worden. Also mach Dir diesbezüglich nicht zu viele Sorgen.

Die Worte des Buchhalters:
Ja, im Moment scheint es alles nicht ganz einfach zu sein. Ich versuche jetzt einmal, in Kürze ein paar Gedanken zu deiner Mail zu verfassen. Gerne können wir uns bei Gelegenheit persönlich oder via Skype nochmals unterhalten. Als Erstes: Jeder Mensch hat morgens, wenn er aufsteht, eine Ausgangslage. Das

heißt, er kann die auf ihn zugeschnitten Möglichkeiten nutzen, diese weiter entwickeln oder auch verstreichen lassen. In meinem Fall kam ein sehr guter Freund auf mich zu und fragte, ob ich nicht bei „A****" mitmachen möchte. In diesem Moment musste ich für mich eine persönliche Risikoabwägung machen, um herauszufinden, wie viel Risiko ich einzugehen bereit bin und mir leisten kann. Letztendlich besitze ich „einen Apfel und ein Ei" von „A****".

Ich habe mich bewusst für eine kleine Beteiligung entschieden, einfach um mein Risiko überschaubar zu halten. Eine solche kleine Beteiligung bin ich vor Jahren mal in „Matrico" eingegangen und aus meiner Sicht es sich bewährt. Daneben bin ich Controller und habe da eine solide Ausbildung inklusive Berufserfahrung und studiere obendrein noch Business Communication. Über dieses Netzwerk und das Know-how, welches ich damit aufbaue, erschließen sich mir sehr viele neue Möglichkeiten und ich habe bereits verschiedene Stellenangebote bekommen. Das ist der Grund, weshalb die Schule für mich, noch vor „A****" an erster Stelle steht. Ich besuche den Unterricht, auch wenn dadurch die Arbeit bei „A****" liegen bleibt. Damit minimiere ich mein Risiko und sorge dafür, dass es kalkulierbar ist.

Genau so empfehle ich es jedem vorzugehen. Nutze die dir gegebenen Chancen im Leben und versuche, das Beste daraus zu machen. Dabei solltest du aber immer auch eine klare Risikobewertung betreiben. Das Risiko muss für dich überschaubar bleiben. Ist es zu hoch, solltest du es auch nicht eingehen. Du hast aktuell sehr viele Themen, an denen du arbeitest und die du versuchst umzusetzen. Die Medien haben dich immer wieder in anderen Zusammenhängen erwähnt. Mal bist du der Spitzensportler, mal der Rekordhalter, mal der Buch-Autor. Du musst dir gut überlegen, wie du von den Medien gesehen werden möchtest und ob du ihnen auch deine ganze Familie präsentieren willst. Dabei gibt es kein richtig oder falsch, es muss aber wohl überlegt sein.

Wenn das geklärt ist, kannst du daraus eine Story entwickeln, die du den Medien erzählen möchtest. Diese sollte so aufgebaut sein, dass du deine langfristigen Ziele erreichen kannst. In meinem Beispiel: Letzte Woche war ich im „Radio 24" über 20 Minuten lang zu hören, in der Limmattaler Zeitung und MSN.de im Zusammenhang mit „A*****" erwähnt worden. Für mich ist es wichtig, dass ich aktuell in den Medien bin, aber nur mit „A*****", denn ich muss ein Bild von mir entwickeln, als Gründer, Unternehmer und Kommunikationsprofi.

Aus meiner Sicht solltest du aktuell als „Marsianer" und Autor in den Medien wahrgenommen werden. Alle anderen Themen solltest du daher heraushalten, wenn es um deine öffentliche Präsenz geht. Damit Du viele Bücher verkaufen kannst, solltest du auch als professioneller Autor wahrgenommen werden. Und wenn wir jetzt noch zum Sponsoring kommen: Für was willst du gesponsert werden? Was ist der Mehrwert, den du dem Sponsor bieten kannst? Die eine Schwierigkeit dabei besteht darin, dass du als Autor wahrgenommen werden solltest, gleichzeitig ist es nicht sehr verbreitet, dass Sponsoren Autoren unterstützen. Daher solltest du dir Gedanken machen, woraus der potenzielle Sponsor seinen Nutzen beziehen kann.

Unsicherheiten

Nachricht des Druiden:
Selbstverständlich nimmst du an dieser Lesung teil beziehungsweise führst sie durch! Lass uns bitte wissen, wie viel deine Spesen für Aperitif, Hin- und Rückfahrt, Essen und Getränke für dich und deine Familie sowie sonstige Kleinigkeiten insgesamt betragen, dann überweisen wir dir das Geld umgehend. Aber das ist nur eine vorübergehende Lösung. Du kannst den Weg nämlich nicht mehr anders gehen, als so, wie du es eigentlich schon vor

langer Zeit für dich entschieden hast. Doch was meine ich damit? Ich versuche es mal auszuführen:

Aus den diversen Korrespondenzen der letzten Zeit entnehme ich, dass du Versuche, es auf dem normalen Karriereweg weiter zu schaffen, schlicht ignorieren solltest. Es gibt zu viele Hinweise, sodass es dir vom Schicksal her nicht vergönnt ist, dein Auskommen als kleiner Angestellter oder schlichter Verkäufer zu fristen. Mit deiner ganzen Ausstrahlung kommst du bei den Kunden dann eben tatsächlich ‚komisch' rüber. Wie fehl am Platz, überqualifiziert. Also sei besser kosmisch als komisch und das ab jetzt richtig! Der Buchhalter hat mit seinen Argumenten einer kalkulierbaren Risiko-Abwägung zwar in seinem Fall völlig recht. Er kann dir aber auch ein Lied davon singen, wie es ist, wenn man sich dazu überwinden muss, nicht immer nur den sicheren Weg zu wählen, sondern eben auch mal ein Risiko einzugehen. Jeder Mensch muss seine individuelle Lebensaufgabe suchen, finden, erkennen und diese dann beispielhaft umsetzen. Du kannst Dich weder mit ihm noch mit mir oder sonst irgendwem vergleichen. Du bist und bleibst ein Unikat, nämlich: Steve Schild. Und das musst du zu deiner schicksalshaften Marke machen, mein Lieber. Das ist deine Individuation, die mit allen entsprechenden Schmerzen und Umwälzungen verbunden ist. Nur, wenn du das endlich verstehst, wirst du auch Erfolg haben.

Verstehst du, was ich dir sagen möchte? Du möchtest gern ein sauberer und aufrichtiger Bürger sein, der für seine kleine Heimat Großes bewirkt. Das ist nur vordergründig korrekt, denn im Grunde genommen geht es dir auch und vor allem um Anerkennung. Doch was glaubst du, wie viel Anerkennung du von den guten Bürgern der hierzulande erhalten wirst? Wer nicht genau im vorgegebenen Schweizer Rahmen passt, sprich gutbürgerlichen und gut situierten Hamsterrad läuft, hat in der hier absolut nichts zu melden. Ein Mensch, der zum Mars will, gilt schlicht als verrückt. Und (romantische) Außenseiter, (lebenslustige) Exzentriker, (vermeintlich) Verrückte, (tatsächliche) Genies, (echte) Künstler und (wirkliche) Philosophen sowie ähnliche Konsorten, haben in der Schweiz einfach einen schweren Stand. Das war bestimmt nicht immer so. Aber die große Zeit der Pioniere, die meist außerhalb des Landes Ehre und Anerkennung erreichen konnten, um erst anschließend von den eigenen heimischen Leuten bewundert zu werden, ist lange vorbei (zuletzt um die Wende vom 19. zum 20. Jahrhundert).

Die Schweiz ist in der neueren Geschichte leider längst zu einem überflüssigen Auslaufmodell geworden. Falls du mir nicht glaubst, dann sieh genau hin, was in den nächsten fünf bis zehn Jahren mit der unserer Heimat geschehen wird. Sie wird in vier regionale Teile zerstückelt und in ein übergeordnetes europäisches Gefüge integriert werden. Dieser Prozess geschieht ganz von alleine, das dumme Volk merkt es nur noch nicht. Und diejenigen, welche es zumindest fühlen, glauben mit irgendwelchen pseudo-patriotischen Parolen noch irgendetwas daran ändern zu können. Doch das ist leider weit gefehlt. Die Beendigung der einst am Wiener Kongress von 1815 künstlich erstellten Schweizer Nation ist bereits seit Langem eine beschlossene Sache. Das zu wissen und zu begreifen ist wichtig, um endlich aufzuwachen, lieber Steve. Solange Du Dir selbst etwas vormachst, solange wirst du dabei auch leiden. Erst wenn du dir ehrlich gegenüber eingestehst, dass du nach Anerkennung strebst, um dein Selbstwertgefühl zu verbessern, erst dann kehrt Frieden und Erfolg in dein Dasein ein. Sorry, lieber Steve, aber das musste jetzt einmal sein. Irgendjemand muss dir ja die Augen öffnen. Denn so wie es jetzt läuft, geht das nicht weiter.

Was heißt das jetzt genau? Nun, es bedeutet, dass du dein jetziges Leben radikal ändern musst. Doch das kannst du nur, wenn du sofort und mit klarem Kopf deutliche Entscheidungen triffst und diese dann auch konsequent durchziehst und danach handelst. Du selbst meldest am besten Privat-Konkurs an, um erst einmal aus dem Hamsterrad herauszukommen. Vielleicht ziehst du dich danach für eine Weile ins Ausland zurück? Am besten auf Montage und irgendwo dort, wo man immer gute Leute zum harten Arbeiten benötigt. Ein paar Jahre zur Vorbereitung im Hintergrund und du wirst anschließend wie Phönix aus der Asche steigen.

Vielleicht muss ich dir noch etwas erklären, wenn wir schon beim Aufräumen sind: Das Mars One-Projekt ist in der Tat ein großes Spektakel. Meiner Meinung nach sogar eher eine reine Marketing-Idee, mit der einige wenige Glücksritter viel Geld machen werden. Dennoch ist diese Sache für jeden von euch, der daran beteiligt ist, auch eine echte Chance, um berühmt zu werden. Natürlich nur, wenn man die ganze Medienaufmerksamkeit auch geschickt nutzt. Und das hast du ja bislang auch getan. Du könntest durchaus mittelfristig zu einem bekannten Showstar werden. Ein echter internationaler Entertainer, Moderator, Sänger, Schriftsteller, Filmschauspieler,

Internetblogger oder Showmaster, falls es mit der Teilnahme am Ende doch nicht klappt. Denn du hast alles, was es zu einem Allround-Star braucht. Darin liegen deine Stärken und damit kannst du sicher auch Erfolg haben. Allerdings eher außerhalb der Schweiz.

Meine Zeilen mögen im ersten Augenblick vielleicht niederschmetternd erscheinen. Doch in deinen letzten Nachrichten bittest du um klare Worte mit deutlichen Vorschlägen. Nun, die habe ich dir nun gegeben. Auch mit dem Risiko, dass du mich nicht verstehst oder sauer auf mich bist, meine ich es dennoch gut und aufrichtig mit dir. In diesem Sinne bin ich gespannt, wie du es handhaben wirst. Ich glaube an dich und deine Fähigkeiten. Aber danach handeln kannst nur du alleine. Ich wünsche dir jedenfalls viel Glück dabei.

Herzlichst dein Druide

Zukunfts-Ratschläge

Worte des Druiden:
Zunächst einmal möchte ich dir für deinen Bericht danken. Vor allem auch dafür, dass du so überaus wach und aufmerksam bist. Ich finde den Beitrag, den

die Loge über deinen Freimaurer-Freund erhalten durfte, wichtig und richtig. Vielen Dank für diesen Einsatz. Bitte mach in puncto Loge genauso weiter!

Dann zu dem für dich offenbar eher unangenehmen oder besser ausgedrückt „wenig erbaulichem" Gespräch mit unseren Brüdern. Was soll ich dazu sagen? Ich kenne die beiden nicht anders. Zu dem Buchhalter habe ich nun schon seit vielen Jahren ein gutes und freundschaftliches Verhältnis. Und auch den Bären habe ich gerne gewonnen. Denn sie sind beides gute Menschen in dem Sinne, als dass sie es wirklich ernst meinen. So werte ich auch ihre Aussagen dir gegenüber. Natürlich muss man dabei auch in Betracht ziehen, dass sowohl der Bär als auch der Buchhalter ihre Standpunkte aus dem typisch gutbürgerlichen Milieu der einstigen Schweiz beziehen. Menschen wie du, die es nicht so oft gibt, fallen in dabei zwangsläufig aus dem Rahmen heraus. Dieser Umstand würde dir sofort und deutlich auffallen, wenn du beispielsweise über längere Zeit in den USA leben würdest. Dort wärst du viel weniger auffällig, dafür aber auch schneller mit deinen Eigenheiten akzeptiert. Ich bin kein Freund von plumpem Amerikanismus. Aber was das Individuelle anbetrifft, das ist dort schon besser fundiert. Vor allem, wenn man wie du über ein universales Entertainer-Talent verfügt.

Ich stehe also nach wie vor zu meinen (scheinbar harten) Aussagen im letzten Brief. Wer mich kennt, weiß, dass ich manchmal, wenn ich zu sehr herausgefordert werde, mit einem (metaphorischen) Dampfhammer auf jemanden schlage, um nachher zu sehen, was übrig bleibt. Und bei dir zeigt sich erfreulicherweise genau das, was ich mir erhofft habe. Frei nach dem Motto „Was mich nicht umbringt, macht mich nur härter". Es hat zumindest schon einmal zur Klärung ein paar Dinge insbesondere für dich geführt. Wärst Du ein typischer Schweizer, dann würde ich den bürgerlichen Vorschlag einer neu geplanten Karriere unterstützen. Aber in Anbetracht dessen, dass ich dich völlig anders (ein)schätze, rate ich davon ab, solche Wege überhaupt einzuschlagen. Sie würden dich nur noch mehr verschulden und am Ende total frustrieren.

Wir haben mit Bruder F. übrigens einen weiteren Bruder in unserem Kreis, der einst vor diesem Scheideweg stand. Da war ich es, der ihm eine richtige Ausbildung (nicht Weiterbildung) empfahl. Das ging aber vor allem gut, da F. zu der Zeit noch jünger war als du jetzt und eben über noch keine vorangegangene Ausbildung verfügte. Meiner Meinung nach reichen Begabungen und Talente alleine nicht aus. Man muss alles, was man tun möchte, gut bis sehr gut zu beherrschen lernen. Es also mit der Zeit meistern. Wenn jemand wie F.

schlicht und einfach nur Unternehmer sein möchte, ist das völlig legitim. Aber auch dazu muss man sich bewehrte Fundamente schaffen. Es geht also immer um theoretisches Wissen und um praktisches Können, welches sich ein Mensch im Laufe der Zeit höchst individuell aneignen sollte.

Ich selbst entschied mich bereits als junger Mann dazu, nicht dem vorgetrampelten Pfad der Allgemeinheit zu folgen, sondern meine eigenen Vorstellungen zu verwirklichen. Und auch, wenn ich aus einer vermögenden Familie stamme, musste ich mich genauso gegen vorgefasste Meinungen durchsetzen. Das Resultat kennst du ja. Es gibt für mich keine Herkunfts-Familie mehr, denn sie haben mich aufgrund meines Andersseins verstoßen. Dabei habe ich (glücklicherweise) immer beharrlich viele Jahre lang Fundamente geschaffen und meine Zeit als ‚Erbe' also gut genutzt. Wenn ich demzufolge heute Meister der Kampfkünste bin, dann nicht so sehr wegen meiner kampfeslustigen Natur, sondern weil ich seit nunmehr 44 Jahren beharrlich trainiere. Und da es mir nicht reichte, die Techniken des Verletzens und Zerstörens zu erlernen, befasste ich mich über viele Jahre auch direkt mit der menschlichen Psychosomatik, beispielsweise 5 Jahre davon allein schon mit der Naturheilkunde. Als ich Mitte der 80er Jahre mit Geheimbünden in Kontakt kam, beobachtete ich diese Welt zunächst kritisch, aber dennoch aufmerksam. Und als ich mir schließlich zum Ziel setzte, spirituelle Prinzipien, Naturgesetze und hermetische Hintergründe auch über diese Gruppierungen heraus erschließen zu wollen, tat ich dies gründlich und über viele Jahre. Allein die Druiden haben ein ganzes Jahrzehnt für mein Studium vereinnahmt.

Was ich damit ausdrücken möchte, ist, dass man sich für seine Ideen, Pläne und Vorhaben, deutliche (Etappen-)Ziele setzen muss. Egal wie exzentrisch man dadurch gegenüber der herrschenden Gesellschaft gegenüber erscheint. Man kann aus allem etwas Sinnvolles gestalten, so auch aus der Mitgliedschaft im Druidenorden. Wichtig sind lediglich die eigene Einstellung und Disziplin dazu. Wenn ich dir also eine Karriere als universaler Entertainer voraussage, dann wird das auch klappen, sofern du die eingefahrenen Mainstream-Pfade verlässt und dich mit absoluter Hingabe und deinem typischen Fleiß diesem Lebensziel widmest. Dabei empfehle ich dir, deine selbst gesteckten Ziele nochmals genau zu überprüfen und dich zu fragen: Was will ich wirklich? Ich kannte mal einen ganz guten Musiker, der in den 80ern sogar als Background-Sänger mit Howard Carpendale unterwegs gewesen war. Aber zum eigenen Durchbruch kam es nie. Dazu fehlte es ihm schlicht an den dazu nötigen und leider auch skrupellosen Skills.

Dann heiratete er eine Dame der feinen Gesellschaft und kam mit dem großen Geld in Berührung. Dies geschah in völliger Verkennung des normalerweise vorherrschenden Charakters solcher Dynastie-Erben. Denn jene Frau war zwar emotional-romantisch ergriffen, weil der Musiker ihr immer wieder Ständchen brachte und widmete. Aber im Innersten war sie knallhart und von ihrer Herkunft geprägt. Nicht umsonst wurde sie Juristin. So empfahl ich ihm damals, als sie bereits verheiratet und zusammen bei uns zu Besuch waren, ein neues konkretes (unternehmerisches) Standbein aufzubauen. Etwas, das ihn (notfalls auch von ihr und ihrem Geld) unabhängig machen würde. Er wies das beinahe entrüstet von sich, denn schließlich sei er doch ein professioneller Musiker. Da fragte ich ihn, wie er sich denn als Künstler auf einer Skala von 1 bis 10 einschätzen würde. Vorher erklärte ich, dass ich mich selbst als Maler in etwa auf eine 7 einschätzen würde. Mir also sehr bewusst wäre, dass ich nicht nur handwerkliche Lücken habe, sondern auch mein künstlerisches Talent durchaus begrenzt sei. Immerhin war ich mit dieser beschränkten Art und Weise (eben dank Wille, Beharrlichkeit und Leistungsbereitschaft) ziemlich erfolgreich gewesen. Er lachte damals nur und meinte im Brustton der Überzeugung, dass er sich selbstverständlich auf einer 10 erkenne. Um es kurz zu machen. Dieser Musiker ist gescheitert. Sowohl beruflich als auch privat.

Man muss sich und seine Talente, Begabungen und Möglichkeiten permanent objektiv einschätzen lernen, aber ohne dabei den Glauben an sich und eigenen Weg zu verlieren. Das ist die eigentliche Lebenskunst.

Ein Zuschauerbrief

Im Januar 2015 wurde eine Reportage über mein Vorhaben, zum Mars zu fliegen im Schweizer Fernsehen ausgestrahlt. Auch Jahre später erhalte ich ab und an noch Resonanz dazu. So auch nachfolgender Zuschauerbrief:

Ein Zuschauerbrief über die Existenz der Menschheit, 20. Mai 2017
Im SRF 1 hat vor ca. einem halben Jahr eine bekannte Schweizer Physikerin gesagt: „Wegen der starken Kosmos-Strahlung werden die Astronauten auf dem Flug zum Mars sterben."

Eine staatliche Mission wird es nicht geben, weil die Astronauten auf dem Flug sterben würden und der einzelne Staat dafür nicht die Verantwortung übernehmen will. Deshalb wird es eine private Unternehmung sein, die einen Flug zum Mars organisieren wird. In Ihrem Fall ist es genau eine private Unternehmung, die den Mars-Flug organisiert. Versuchen Sie doch, mit dieser Schweizer Physikerin (manchmal kommt sie im SRF) einen Termin zu einem Gedankenaustausch zu vereinbaren.

Ich finde es außerdem verantwortungslos, dass Sie zusammen mit ihrer Freundin einem Kind das Leben schenkten. Wenn Sie 2026 oder später zum Mars fliegen, brechen Sie ihrem Kind und ihrer Freundin das Herz. Wenn man solche Projekte vorhat, dann ist es völlig daneben, Kinder in die Welt zu setzen. Ueli Steck hat wegen seines Berufs, wegen seines extremen Berufs-Risikos als Extrembergsteiger, bewusst keine Familie gegründet, das heißt keine Kinder.

Und was noch dazu kommt, 7 Monate im Dunkeln zum Mars zu fliegen und das auf engstem Raum, wird Ihnen und Ihrer Crew auf die Nerven gehen. Einige werden deshalb ausflippen und die Rakete verlassen wollen. Diese können Sie dann in einem Raum einsperren. Das wird riesige Probleme geben. Ich bin auch Science-Fiction-Fan und Fantasy-Fan, aber ein Flug zum Mars interessiert mich gar nicht. Ich hätte gar keine Lust, auf diesem trockenen Planeten zu leben. In der Fantasie möchte man zwar auf dem Mars eine Zeit lang leben, die Realität ist dann aber ganz anders und mit der Zeit wird es dort trostlos werden.

Ich hoffe, dass sie zur Einsicht kommen werden, bei Ihrer Familie auf dem Planeten Erde zu bleiben und ein glückliches Familienleben zu genießen.

Viele Grüße

Meine Gedanken dazu:

Solche Leserbriefe ignoriere ich, einige davon verschiebe ich sogleich in Ablage P (den Papierkorb). Diese Menschen urteilen über andere, ohne sie zu kennen und glauben, sie würden mit ihrer begrenzten Sichtweise allwissend sein. Sie bilden sich eine Meinung auf dem, was sie irgendwo einmal gehört oder aufgeschnappt haben. Sie kauen nur die Aussagen anderer wieder ohne sich wirklich mit einer Thematik befasst zu haben und die Hintergründe zu verstehen. Denn jemanden zu verurteilen ist ja immer so viel leichter, als sich ernsthaft mit der Person und der Situation an sich auseinanderzusetzen. Jeder Mensch ist für sich selbst verantwortlich, und solange seine Kinder noch minderjährig sind, auch für diese. Meine Frau ist sich dessen vollkommen bewusst und wir überlassen nichts dem Zufall. Alles ist geplant und wird entsprechend vorbereitet. Die Tatsache, dass es sehr schwer sein wird, Abschied zu nehmen und ich meiner Familie das Herz brechen werde, ist uns allen bewusst und lässt auch mich nicht kalt. Dennoch sind es meine Entscheidung und mein Weg. Damit niemand von uns ausflippen wird, trainiert man diese Mission im Übrigen bis ins kleinste Detail. Auch kennt sich die Crew dann schon eine Weile und hält wie eine Familie zusammen.

Auch via Facebook bekam ich das ein oder andere Feedback. Dieses hier stammt von einem Mann, der sich der Rael-Bewegung zugehörig sieht:

Wir sind ein Verein mit insgesamt 120.000 Mitgliedern weltweit in über 90 Ländern. Jeder kann kommen und gehen, wie es ihm gefällt, da sind wir absolut frei. Die Kern-Botschaft von den Elohim lautet wie folgt: Alles Leben auf der Erde wurde von Menschen, die von einem anderen Planeten gekommen waren, dank einer vollkommenen Beherrschung der Gentechnologie wissenschaftlich im Labor erschaffen. Spuren dieses Werkes können in allen alten Schriften wiedergefunden werden. In der Bibel werden diese Außerirdischen „Elohim" genannt, was so viel wie die, die vom Himmel kommen sind, bedeutet. Die Elohim haben Real den Auftrag gegeben, diese revolutionäre Offenbarung zu verbreiten und ein Botschaftsgebäude zu errichten, in das sie sehr bald in Begleitung der großen Propheten wie Jesus, Buddha und Mohammed offiziell zurückkehren werden. Diese Propheten werden mittels des Klonens, dem Geheimnis Lebens, auf ihrem Planeten am Leben erhalten. Die Realistische

Revolution gilt als die weltweit größte UFO-bezogene Non-Profit-Organisation. Daraufhin arbeiten sie daran, das erste Botschaftsgebäude zu errichten, um die Außerirdischen willkommen zu heißen. Es ist die politisch unkorrekteste und individualistischste Philosophie für Nonkonformisten.

Meine Gedanken dazu:
Ich finde einige Aspekte dieser Weltanschauung sehr interessant, denn auch ich denke, das unsere Lebensform tatsächlich das Resultat der Schöpfung einer weiterentwickelten Rasse von einem anderen Planeten sein könnte. Was das angeht, teile ich eine ähnliche Meinung wie Erich von Däniken, welcher der festen Überzeugung ist, dass Außerirdische unser Leben beeinflusst und mittels Genveränderung uns zu dem gemacht haben, was wir heute sind. Ich denke sogar, dass diese „Götter" eines Tages tatsächlich zurückkommen würden, um zu sehen, was aus ihrer Schöpfung letztendlich geworden ist. Die Raelisten selbst halte ich für Sektierer, die einem Guru hinterherrennen. Daher distanziere ich mich ausdrücklich von ihnen.

Ich habe den Facebook-Kommentar an den Druiden weitergeleitet und seine Antwort war sehr interessant.

Antwort des Druiden:

Herrlich, die guten alten Raelistas. Diese Gruppe begegnet mir auch so alle zehn Jahre mal wieder. Erstaunlich, dass sie sich halten konnten. Denn, wie bei allen solchen (Ufo-)Glaubensrichtungen besteht stets das gleiche Phänomen: Immer nur einer oder eine hat angeblich einen ominösen Kontakt zu Engeln, Übermenschen, Außer- und Innerirdischen, Aliens, Elohim oder sonstigen ,höheren' Emanationen (gehabt). Alle anderen wünschen sich dies in sehnsüchtig schmachtender Erwartung einer messianischen Erlösung ebenfalls. Und dann warten sie und warten und warten bis zum Jüngsten Gericht. Doch nichts geschieht. Alles bleibt einzig bei dem, was es immer gab, gibt und geben wird. Das eigene Leben, das eigene Bewusstsein, die persönlichen Erlebnisse, Einsichten und Erfahrungen sowie damit verbundene eigene Entrückungen, Enttäuschungen und Erquickungen. Wann werden die Menschen das endlich begreifen? Es gibt nur ihr eigenes Universum.

Die allerkleinsten Dinge (Mikrokosmos) sind räumlich unendlich und zeitlich ewig. Genauso sind es die allergrößten Dinge (Makrokosmos). Da aber Ewigkeit (als zeitlich höchstmögliche Transzendenz) und Unendlichkeit (als räumlich höchstmögliche Transformation) nicht teilbar sind, verschmelzen das Allerkleinste und das Allergrößte zu einem Absoluten, eben dem Göttlichen der Schöpfung. Menschen sollten deshalb nach ihrer eigenen individuellen Interpretation der Naturgesetze suchen, erkennen und diese beispielhaft verwirklichen. Denn die Schöpfung beweist sich durch das menschliche Bewusstsein selbst. Das ist die metaphysische Essenz von Wahrheit. Deshalb gibt es auch für uns nur unsere eigene Welt. So, wie wir sie uns vorstellen. Und wir kommen vermeintlich immer nur dann nicht vorwärts, wenn uns an andere Vorstellungen hängen. Vielleicht tut man dies hier und da, um nicht allein zu sein beziehungsweise weil man sich Lösungen von außen erwartet oder erhofft. Doch das ist menschlich und nachvollziehbar.

Deshalb empfehle ich bei aller fantasievollen Vorstellungskraft stets, den Weg auch ganz bodenständig weiter zu verfolgen. Ich wurde von S. darauf aufmerksam gemacht, dass ich dich bezüglich deiner Anmerkungen betreffend Ausbildung allenfalls falsch verstanden hätte. Ich erinnere mich nun daran, dass ich eine Idee für deinen weiteren ganz realen Lebensweg im Hier und Jetzt hatte. Es geht darum, dass ich nach wie vor das Gefühl habe, dass du ein geborener Entertainer bist. Und ein ‚Unterhalter' zu sein ist etwas, das man in unserer schweizerischen Kultur nicht so richtig versteht, da diese eher von einer generalistischen Ausdrucksweise geprägt ist. Dabei bewegt sich ein Entertainer stets auf so vielen Ebenen wie beispielsweise als Talk-, Show- oder

Quizmaster, als Redner, als Moderator, als
Schauspieler, als Kabarettist, als Schriftsteller oder
Künstler sowie als Sänger. Eigentlich sind sie
demnach allgegenwärtig.

Meine Idee ist nun ganz einfach. Vielleicht kennst
Du den Hit ‚Fred vom Jupiter' aus den 80er Jahren?
Man müsste dich auf die Bühne stellen, und zwar mit
dem Song ‚Steve vom All' (nicht vom Mars). Dies
allenfalls auch in Englisch. Nun müsste auch ein
solches Projekt möglichst professionell und
strategisch angegangen werden. Am 10./11. kommt
ein schweizer Musik-Duo bestehend aus einer
Sängerin und einem Pianisten zu uns auf Besuch. Das
ist zwar eine ziemlich andere Musikrichtung, aber es
ist eine. Vor allem imponiert mir, wie sie sich
unabhängig von anderen durchboxen. In der
Musikbranche ist dies sehr schwierig. Mir schweben
da verschiedene Szenarien vor. Vor allem aber, eine
Ausbildung für dich als Schauspieler, Redner,
Schreiber (Songwriter / Texter) und eben, falls dich so
etwas interessiert, auch als Sänger! Vielleicht könnte
man dir also einen Crashkurs bei den beiden Musikern
vermitteln, denn du musst noch mehr lernen, dich zu
entfalten. Mit allem, was du bist und was du kannst.

Lieber Steve, ich glaube an dich und deine
Fähigkeiten. Für mich bist du für die Bühne des
Lebens geboren worden. Welche Rolle du dabei

spielst, ist nicht so entscheidend. Hauptsache, du spielst sie seriös, professionell und glaubwürdig. Mir geht es aber immer darum, dass man auf dem Boden der Tatsachen bleibt. Unsere Fähigkeiten müssen uns am Schluss ja schließlich auch ernähren können und vor allem unsere Familien. So, dies nur mal so als Anregung. Nun wünsche ich dir und deinen Lieben einen schönen und erholsamen Sonntag.

Bis bald wieder und herzliche Grüße
Dein Druide

Samstag, 10. Juni 2017: Meine Gedanken

Was auch immer in den letzten Tagen vor sich gegangen ist, seit circa vier Wochen veränderte sich etwas an mir und somit auch an meinem Umfeld. Ich glaube, dass meine Anstrengungen, auch irgendwann einmal zur Elite zu gehören, langsam zu fruchten beginnen. Auch, wenn ich noch nicht an all meinen Zielen angelangt bin, so komme ich nun mit Menschen in Kontakt, die mich weiterbringen. Die Frage ist nur, wie ich mit diesen neuen Erfahrungen umgehen soll und was ich letztendlich daraus machen werde. Schon mit 16 Jahren habe mir geschworen, dass ich nicht ein Leben lang zur unteren Schicht gehören und stupide Arbeiten ausführen möchte, die mich geistig nicht beanspruchen. Ich fühlte mich zu Höherem bestimmt und hoffte darauf, dass sich mir mein Weg schon noch irgendwann offenbaren würde. Mich mein Fühlen, Denken und Handeln eines Tages dorthin leitet.

Das Projekt „Mars-One", als ultimatives Ziel der Menschheit und meiner selbst, hat mir völlig neue Möglichkeiten eröffnet. Auch wenn ich derzeit isolierter denn je bin und mir mein Job keinen wirklichen Spaß macht, sondern nur dem Lebensunterhalt dient, so bin ich entschlossen, meinen Weg zu gehen. Doch oft sitze ich zu Hause und weiß nicht, was ich noch machen soll, damit sich etwas an meiner Lage ändert. Besonders finanziell sieht es äußerst schlecht aus. Mir bleiben kaum noch genügend Mittel, um meine Familie zu ernähren. Der Schuldenberg beläuft sich aktuell auf über 9.000,- Franken und mein Umfeld versteht nicht, wie es dazu kommen konnte. Als Visionär mit großen Zielen muss man auch Opfer bringen und diese sind oftmals finanzieller Natur. Zudem habe ich nur wenig Zeit für mich selbst, meine Familie und insbesondere für meine geliebte Tochter. Auch das möchte ich gerne so schnell es geht ändern. Heute werden wir immerhin eine Hochzeit besuchen und lange zusammen unterwegs sein. Ich bin froh, mal ein bisschen nach draußen zu kommen und unter Menschen zu sein.

Dienstag, 20. Juni 2017: Die Erleuchtung

Mail des Druiden:
Ich stamme aus einer ehemaligen Ostschweizer Textil-Familie, sodass mir ein kaufmännischer Weg eigentlich klar vorgeschrieben war. Dennoch bin ich früh aus dem für mich vorgesehenen Konzept einer entsprechend unternehmerischen Karriere ausgestiegen. Stattdessen beschäftigte ich mich bereits als Jugendlicher mit Kunst und Philosophie. Dies zunächst eher nach außen gekehrt, obwohl ich bereits früh mit spirituellen Erlebnissen beziehungsweise mit derart begabten Menschen in Kontakt gekommen war.

Im Alter von zwanzig Jahren widerfuhr mir das, was man gemeinhin als ‚Erleuchtung' bezeichnet. Eigentlich geschah dies damals ziemlich unspektakulär. Ich befand mich um circa 3 Uhr morgens inmitten eines angeregten Gespräches am Küchentisch in einer Studentenwohnung in Zürich/Leimbach. Obwohl wir in der Stadt gefeiert hatten, war ich in keinster Weise betrunken oder stand unter Drogen. Ich kann mich noch gut daran erinnern, dass ich zu jener Zeit in zwei Schwestern mit sehr unterschiedlichen Persönlichkeiten verliebt war. Ein Umstand, der mich zugegebenermaßen etwas in Zwiespalt brachte.

Die erwähnte Erleuchtung geschah dann binnen weniger Sekunden, obwohl es mir vorkam, als würden Stunden vergehen. Es fühlte sich an wie ein Blitz, sodass ich später vermutete, einer Art von epileptischem Anfall anheimgefallen zu sein. Wie auch immer, ich sah vor meinem geistigen Auge ein unglaubliches System perfekt ineinander wirkender, dynamischer Vorgänge in Form von Kugeln. Das war aber auch alles. Also kein Gott, welcher mich zu irgendetwas berief, sondern einfach nur diese merkwürdigen Kugeln. Was ich aber bereits tief in meinem Innern erkannte, war, dass dies eine Offenbarung der universellen Wahrheit gewesen sein musste. Wahrheit im Sinne einer unteilbaren Sache, die stets individuell erfasst und interpretiert werden kann. Die junge Dame, mit welcher ich rein freundschaftlich liiert war und die mir währenddessen Gesellschaft leistete, hatte wohl gar nichts von meiner seltsamen Epiphanie mitbekommen und plauderte einfach munter weiter. Eine Weile noch lebte ich mein ziemlich bewegtes Leben weiter und tat, als sei nichts geschehen. So wechselte ich beständig zwischen allerlei Jobs und dem Reisen mit exzessiven Prozessen als Künstler sowie zu disziplinierten Phasen militärischer Ausbildungen, Fastenzeiten mit Training ohne Ende und dem konzentrierten Studium der Kampfkünste. Zwischenzeitlich erhielt ich sogar Unterricht an der privaten Übungsstätte eines genialen jüdischen Gelehrten und absolvierte meine erste

Tiefenanalyse beim damaligen Direktor des Jung-Instituts. Mit 23 Jahren nahm mich ein bekannter Professor für Medien und Kommunikation (sowie ehemaliger Forschungsdirektor der SRG) unter seine Fittiche. Ich durfte in seinem Schloss in der Nähe von Bern leben wie auch arbeiten und als Gegenleistung für Kost und Logis trat in einem von ihm verfassten Theaterstück auf.

Zu dieser Zeit verfasste ich nun auch eine erste schriftliche Zusammenfassung der erlebten Erleuchtung. Diese Basis-Schrift mit dem ambitionierten Titel ‚Das dreidimensionale Leben in Bezug zur Unendlichkeit' war sowohl vom formalen als auch vom wissenschaftlichen Standpunkt her ziemlich bescheiden und amüsierte die paar wenigen Leser eher, als dass sie davon gefesselt waren. Von da an begann jedoch eine jahrzehntelange Odyssee von Einweihungen, die ich mir am Anfang meines Erwachsenen-Daseins nicht einmal annähernd hätte vorstellen können. Folglich sperrte ich mich mal mehr, mal weniger dagegen. Denn zu Beginn wollte ich es mir selbst nicht bewusst eingestehen, dass mein, so gar nicht einer bürgerlichen Karriere entsprechendes Schicksal einer konzeptuellen Bestimmung entsprach. Dementsprechend traf ich unentwegt auf versierte Menschen, welche mich bei diesem ‚Pfad des Narren' wie eine solche Initiationsphase manchmal auch genannt wurde, begleitet und unterrichtet haben. Neben meinen exoterischen (nach außen gerichteten) Tätigkeiten als Künstler-Philosoph und Kommunikations-Analytiker wurde ich in diverse esoterische (nach innen gerichtete) Gebiete eingeweiht. Dies zum Teil über Mitgliedschaften in allerlei mehr oder weniger bekannten (sprich ‚geheimen') Gesellschaften. Am besten lässt sich diese Art der Ausbildung über die Naturgesetze als ‚Hermetik' bezeichnen. Man wird zu einem Adepten des Hermes Trismegistos. Man unterwirft sich damit der zeitlosen Lehre der Metaphysik. Dazu zählen zum Beispiel Begriffe wie Alchimie, Magie, Heilkunde, heilige Geometrie und Mantik. Die letzte Initiation findet in diesem Jahr ihren formalen Abschluss. Damit bin ich bei demjenigen angelangt, was der höchsten Stufe einer spirituellen ‚Karriere' entspricht und was man in unserem Kulturkreis vielleicht am besten als ‚Druide' im Sinne der Vorsokratiker, wie beispielsweise Pythagoras bezeichnet.

Nach dieser schier endlosen und doch so schnell vorangeschrittenen Erkenntnis-Phase meines Lebens erfolgte nun die Verwirklichung des Erlebten, Erfassten und Erkannten. Demzufolge ist es mein Ziel unter dem Begriff ‚Trimonismus' (Trivalenter Monismus) ein neues Weltbild zu stiften. Dieses entspricht einer in kulturellen und mittlerweile gut ausgebauten Philosophie, die möglichst auf dem

Erlangen von Wissen und Können basiert, sodass der persönliche Glaube künftiger Anhänger weiterhin für individuelle Religions-Ideologien wirksam werden kann. Oder anders ausgedrückt vermittle ich eine Ansicht des Daseins, welche zwar intensiv ist und neuartig macht, aber dennoch von niemandem ein sektiererisch anmutendes Bekenntnis abverlangt. Für die Verbreitung desselben soll eine hierokratische Meritokratie bzw. meritokratische Hierokratie (also eine leistungsorientierte Priesterschaft) gegründet und aufgebaut werden, welche sich in besonderer Weise der Seelsorge widmet. Eine Sache, die in den kommenden Zeiten der epochalen Wende sehr vonnöten sein wird. Nachvollziehbarerweise ist es in einer E-Mail nicht möglich, hierzu die vielen Detail-Strategien zu erläutern. Auch, da sich diese immer nach und nach aufbauen.

Diese Information sende ich euch deshalb zu, liebe Brüder, weil ich heute um fünf Uhr morgens, wie jeden Morgen meine Frage an den Äther gestellt hatte, was ich spontan als ersten Impuls umsetzen soll. Und wer weiß, vielleicht ergeben sich ja Synergien aus unseren persönlichen Schicksalen und individuellen Bemühungen. In diesem Sinne danke ich für eure geschätzte Aufmerksamkeit und übersende herzliche Grüße aus dem sonnigen Norden Deutschlands.

Euer Druide „Wellenhand von Atlantis"

Meine Antwort:

Jetzt wird mir augenblicklich bewusst, dass ich auch schon ein solches Erlebnis hatte. Jedoch spielte es sich bei mir etwas anders ab. Es geschah im Jahr 2010 in einer ägyptischen Pyramide. Dort sah ich da eine kosmische Energie in Form eines Lichtstrahles auf mich herunterscheinen und erfüllte mich vom Kopf bis zum Herzen. Als ich aus der Pyramide herauskam, waren mehr als 45 Minuten vergangen, die sich für mich aber überhaupt nicht so lange vorgekommen waren. Ich war die ganze Zeit über alleine gewesen und die Aufseher wollten mich bereits holen kommen, weil sie annahmen, ich wäre dort drinnen kollabiert. In diesen empfunden wenigen aber wahrhaftig vielen Minuten, hatte ich ein Gefühl der vollkommenen Erleuchtung gehabt. Da hat eigentlich alles angefangenen. Es war der Zeitpunkt, ab dem sich meine Persönlichkeit nachhaltig verändert hat. Ein Durchbruch des Alltagsbewusstseins hinzu mehr, etwas, dass nicht greifbar ist. Kurze Zeit später lernte ich meine Freundin kennen, wurde bekannt und erreichte Höchstleistungen in verschiedenen sportlichen Bereichen. Damals im Jahr 2010 war meine individuelle Erweckung oder Erleuchtung, wie man es nennen will. Und selbst jetzt, wo ich diesen Text schreibe, fühlt es sich beinahe wie eine Trance an, in die ich zurückversetzt werde.

Dienstag, 11. Juli 2017: Die Tage vergehen

Die Tage vergehen wie im Flug und ich habe kaum noch Zeit für mich selbst. Auch bei der Arbeit läuft es nicht sonderlich gut und noch immer quälen mich Finanzprobleme. Meine Projekte erweisen sich als enorm aufwendig und kostenintensiv. Sie bringen kaum Erträge und decken gerade so meine Aufwände. Die Gesamtsituation belastet natürlich auch meine Beziehung. Hinzu kommt mein Job, der nicht gerade gut läuft. Aber mein Chef hat kein Einsehen, dass sich etwas ändern muss, obwohl die Firma schon bald Pleite gehen könnte und dann haben wir alle ein Problem. Leider kann ich die Reserven meines Arbeitgebers nicht einschätzen und so bleibt mir nichts anderes übrig, als selbst Vollgas zu geben. Genau, wie ich in allen Projekten alles gebe, so mache ich das auch bei meinem Job. Mein Chef hat das Gefühl, dass meine Unzufriedenheit von finanziellen Problemen und der allgemeinen Überlastung kommt. Doch ich schätze, es ist alles zusammen. Hinzu kommt die Angst, bald schon völlig mittellos zu sein. Ich habe ihm bislang verschwiegen, dass ich vor allem ein Problem mit seiner Unternehmung habe. Ich empfinde sie als rückständig und altmodisch, mindestens fünfzehn Jahre in der Vergangenheit lebend. Wir versuchen, Produkte an den Mann zu bringen, die auf dem Markt viel zu teuer sind und auch technisch haben wir kaum Vorteile gegenüber unseren Mitbewerbern. Warum schreibe ich das hier überhaupt? Nun ja, weil ein Ovate, wie ich es bin, die Aufgabe hat, seine Umgebung zu analysieren und seinen Weg in der Gesellschaft zu erkennen. Vor mir liegt noch eine weite Strecke, die ich eines Tages aber einschlagen werde. Das „Mars-One Projekt" ist dabei nur eines der zahlreichen Ziele, die ich verfolge, wenn auch das Größte von allen. Ich bin jetzt unter den letzten 100 Bewerben weltweit und es werden nur 24 in die Finale Ausbildung gehen. Gedanklich sehe ich mich bereits in der Gruppe und hatte dazu auch schon aufregende Träume. Ich habe meine Ziele visualisiert und bin auf dem richtigen Weg.

Wie war mein heutiger Tag? Ich bin früh aufgestanden und bemühte mich schläfrig aus dem Bett ins Badezimmer, zog mir meine Kleidung an und begab mich zum Wagen. Dieser war noch frisch gereinigt und roch einfach „nach Neu". Ich liebe diesen Duft. Als ich den Motor startete und in die Richtung des Trainingscenters fuhr, strömte mir der frische aber kalte Fahrtwind durch die Belüftung ins Gesicht und ließ mich langsam aber sicher munter werden. Kurze Zeit später – nur einige Minuten von meinem Zuhause entfernt – stieg ich aus dem Auto und öffnete den Kofferraum. Ich entnahm meine Sporttasche und schlenderte langsam zum

Fitnesscenter. Am Eingang nahm ich mein Badge hervor, woraufhin sich die Tür mit einem hörbaren Klicken öffnete und mich ins Treppenhaus des alten Industriegebäudes eintreten ließ. Ich ging die 4 Stockwerke bis ins Center hinauf, um dort mein Training zu beginnen. Eine andere Option blieb mir ohnehin nicht, da es keinen einen Lift gab. Warum sollte es auch? Immerhin war das Treppensteigen eine gute erste Übung, um sich langsam aufzuwärmen.

Das Fitnesscenter war recht klein gehalten. Es war günstig und einfach, hatte kaum Betreuung und man war oft allein. Für manch einen würde es daher womöglich nicht einmal infrage kommen. Ich hingegen habe mich jedoch bewusst dafür entschieden. Es war die Abgeschiedenheit und Ruhe, die einen gewissen Reiz auf mich ausübte. Bei meinem früheren Trainingscenter hatte ich es sogar schwer, überhaupt einen Parkplatz zu finden. Mein Training selbst beinhaltete leichtes Ausdauertraining auf einem Stepper. Eine Stunde vor der Arbeit widmete ich mich dieser Routine, denn sie war mein Entspannungsritual und für den Kopf. Um wirklich Muskeln aufzubauen und zu stärken, sind jedoch andere Einheiten sinnvoll.

Um 07:45 Uhr musste ich bereits wieder weiter zur Arbeit. Es standen einige Kundenbesuche an, auf die ich so gar keine Lust hatte, welche aber dennoch gemacht werden mussten. Es war nun mal mein Job und da musste ich eben durch. Die meisten Arbeitnehmer haben dieses Gefühl bestimmt schon mal verspürt. Es steht viel Arbeit an, aber der eigene Elan lässt zu wünschen übrig. Man tat, was man eben musste, und war froh, wenn die Zeit gut verging und die Schicht schnell wieder vorbei war. Mir kam es an solchen Tagen hingegen oft vor, als stünde die Zeit einfach still. So auch heute. Meine Gedanken hätten zwar beim Kunden sein sollen, waren aber meist bei meiner Tochter. Ich sah meine kleine Drachenkriegerin förmlich vor mir, wie sie mich anlächelt und plappert. Sie schaffte es jedes Mal, mir ein Lächeln ins Gesicht zu zaubern. Ganz egal, wie es mir ging oder wie mies ein Tag verlaufen war. Sie war und ist einfach der Sonnenschein in meinem Leben.

Es wurde allmählich Mittag und wir begaben uns in ein Lokal in der Nähe. Das Restaurant dachte sich wohl, der Name einer berühmten Frau und ein entsprechendes Bild an der Wand, wären dem Umsatz dienlich. Aber ich wurde derb enttäuscht, als ich für einen einfachen Fitnessteller einen Preis bezahlen sollte, für den ich mir eine ganze Benzinfüllung für mein Auto hätte leisten können. Ich war sauer und sprach den Kellner darauf an. Doch den störte das nicht. Er bemerkte lediglich, dass ich einfach besser hätte schauen müssen bei meiner Wahl. Aber wer rechnet für einen mickrigen Salatteller mit einem

Stück Billig-Fleisch schon mit so einem Preis? Ich konnte es nicht ändern und auch, wenn ich es nicht an mich heranlassen wollte, so trübte es meinen Sonntag ziemlich. Denn dieses Essen kostete mich letztlich mehr, als ich bereit war zu zahlen, da meine Finanzen ohnehin schlecht standen. Da wollte ich mir und meiner Familie einmal etwas kleines Gönnen, was noch „im Rahmen" war, und wurde ausgenommen wie eine Weihnachtsgans – für die ich mir vermutlich hätte die ganze Tankstelle kaufen können.

Nachwort

Steve Schild: Mein Weg auf der Suche nach Wissen und dem Sinn des Lebens

Als ich im Alter von ca. 15 Jahren zum ersten Mal „aufgewacht" bin und erkannt habe, dass unser Leben mehr zu bieten hat als die bloße Existenz und das Befriedigen der eigenen Gelüste und weltlichen Annehmlichkeiten, hat von da an auch ein beschwerlicher Weg der Suche für mich begonnen. Mit dem Lesen der ersten Bücher über die angeblichen Geheimnisse der Menschheit bin ich immer tiefer in dem inneren Drang versunken, die Wahrheit über unsere Existenz und unser Dasein zu ersuchen. Damals war mir noch nicht bewusst gewesen, dass das Wissen und auch seine Schattenseiten haben konnte. Diese Erkenntnis folgte erst später, und obwohl ich heute weiß, dass ich in vielen Dingen noch immer sehr unwissend bin, so habe ich doch erkannt, dass ich viele Erfahrungen machen durfte, welche die normalen, nicht-suchenden verwehrt blieben. Der Weg, den ich damals eingeschlagen hatte, führte mich zu immer neuen Kontakten mit Menschen auf der ganzen Welt. Wobei mich mein Weg dann auch immer wieder zu den Rosenkreuzern zurückgeführt hatte.

Im Januar 2010 trat ich diesem angeblichen Elite-Orden bei. Auf der Suche nach Wissen durfte ich eine Welt erblicken, die vielen verborgen bleibt, auch wenn ich dem Orden heute nicht mehr angehöre, so darf ich mit Stolz sagen, dass ich seit 2010 eine unglaubliche Weiterentwicklung erleben durfte. Ich habe mich verändert und bin nicht mehr der, der ich noch vor 9 Jahren war. Ich durfte erkennen, dass unser Geist zu mehr imstande ist, als das wir es uns je vorstellen können. Ich bin heute auch der Überzeugung, dass es auf dieser Welt, ja in diesem unserem Universum Geheimnisse gibt, die kaum jemand alle kennen kann. Der Orden der Rosenkreuzer hat mich gelehrt, dass wir alle ein Teil eines unglaublich großen wie auch spannenden Universums sind. Nach 4 Jahren habe ich erkannt, dass der Orden mich nicht mehr weiterbringen wird. Ich beschloss daher auszutreten, und meine Entwicklung anderweitig weiterzuführen. So suchte und fand ich schließlich den Orden der Druiden. Eine Gemeinschaft, die sich der Philosophie und dem Leitspruch „Wissen ist Macht" hat. Nach langer Prüfung und intensiven Gesprächen bin ich dem Orden 2015 beigetreten. Dies war wiederum eine meiner besten Entscheidungen, denn der Orden führte mich an Menschen heran, die in einer Welt lebten, von der ich bis dato nur geträumt habe. Menschen mit viel Wissen, Macht und vor allem Beziehungen. Ich durfte erkennen, dass ich „ein kleiner Wurm" in der

Geschichte der Menschheit bin und noch viele Erfahrungen machen muss, bis ich mein Ziel eines Tages erreichen würde. Ich fand im Orden zwei sehr gute Freunde und Mentoren, die mich auch heute noch auf meinem Weg begleiten. Diese zwei Menschen haben mir die Augen geöffnet und mich bei meiner Suche unterstützt, dabei musste ich aber auch schmerzlich feststellen, dass mein Weg noch anstrengender und aufregender werden würde. Die Tatsache, dass ich noch sehr jung bin und mich noch beweisen muss, hat dann auch dazu geführt, dass ich mich nach 3 Jahren vom Orden verabschiedete. Schmerzhaft musste ich wiederum auch feststellen, dass ich mich in Demut üben muss, wenn ich mich weiterentwickeln will. Eine Eigenschaft, die ich bis heute noch nicht beherrsche und mit der ich so meine Mühe habe.

Die Zeit der letzten zwei Jahre war dann voll und ganz meiner Tochter gewidmet. Durch sie durfte ein neues Leben begrüßen und für mich ist die Geburt meiner Tochter der Höhepunkt meiner Erlebnisse der letzten Jahre. Gedanken wurden zu Materie und so habe ich etwas erschaffen, wonach ich seit meiner Kindheit gesucht habe. Wenn ich heute in die Augen meiner Tochter sehe, dann erkenne ich, dass unser Leben das größte Geschenk des Universums ist. Ich nenne meine Tochter „Drachenkriegerin", denn für mich ist sie es, die den sinnbildlichen Krieg, der in mir herrscht, auf eine neue Ebene bringt. Sie zwingt mich, jeden Tag über alles nachzudenken und Prioritäten zu setzen. Ebenso bin ich auch der Überzeugung, dass meine Tochter eine wunderbare Seele hat. In ihren Augen sehe ich die Unschuld eines Kindes, das frei von Vorurteilen und Hass ist. Reine Liebe.

Ich habe meine Gedanken, meine Träume und Visionen in meiner Romanreihe „Gefangene der Zukunft" verarbeitet. Und so bin ich hier bei den Templern gelandet. Es heißt doch so schön in der Bibel: „Wer sucht, der findet." (Matthäus 7) Ich habe gefunden und bin nun Templer. Ob dieser Weg meiner Suche der Richtige ist, kann ich heute noch nicht beurteilen. Aber ich bin der Überzeugung, dass alles aus einem bestimmten Grund geschieht und ich glaube nicht an Zufälle, sondern an das Göttliche. Ich muss hier das „Göttliche" spezifizieren, denn ich bin sehr religiös erzogen worden und aufgewachsen. Doch ich habe meinen „Gott" verloren und weiß nicht, welcher der richtige Weg für mich ist. Woran ich aber mit Überzeugung glaube, ist, dass es eine höhere Macht im Universum gibt, die wir bis heute nicht verstehen. Religion ist eine sehr gute Sache und ich bin froh, dass wir mit dem Christentum eine Lehre gefunden haben, die den Menschen halt gibt und gleichzeitig etwas, woran sie glauben können. Meinen Weg muss ich erst noch finden und die Zukunft wird zeigen, welcher unser Pfade der Wahre sein wird. Ich habe mich in den letzten Tagen intensiv mit dem Mysterium der Templer befasst. Mittlerweile habe ich drei Hörbücher angehört und mein angebliches Wissen aufgefrischt. Dabei habe ich erkannt, dass die Templer unsere Geschichte stärker geprägt haben, als wir es für möglich hielten. Ich dachte bisher immer, dass die Juden das Finanz- und Bankenwesen erfunden haben, doch dass aber die Templer weitaus mächtiger waren, war mir bis dato nicht bewusst gewesen. Die Templer versinnbildlichen für mich den perfekten Menschen: Treu, loyal, bescheiden und voller Demut. Und dabei völlig frei von weltlichen Zwängen. Aber dennoch, wenn es notwenig ist, stark und siegesbewusst. Für mich sind und waren die Templer schon immer ein großes Vorbild und ich bin überzeugt, dass sie durch die Inquisition am Freitag den 13. nicht ausgelöscht wurden, sondern sich in den Untergrund zurückgezogen und dort den Grundstein für eine neue Elite erschaffen haben. Aus den Templern sind dann die heutigen Ordenshäuser der Freimaurer, Druiden und viele andere Orden entstanden. Vielleicht liege ich damit auch falsch, aber das wird die Zukunft zeigen. Wenn ich mich mit den Mysterien der Menschheit befasse, stoße ich immer wieder an meine Grenzen und es tauchen neue Fragen auf. Immer wenn ich glaube, etwas gefunden zu haben, nach dem ich gesucht hatte, kommen auf eine Frage 100 neue Aspekte, die es zu hinterfragen und erforschen gibt und ich befinde mich wieder am Anfang meiner Suche. Wenn ich mir das Elite-Verhalten der Einführungslektüre anschaue, dann erkenne ich den Weg, den ich vor Jahren selbst gewählt habe und er bekräftigt mich in meiner stetigen Suche nach mir selbst und dem Sinn des Lebens noch heute.

Zum Elite-Verhalten zählen wir folgende (nicht leichte) Verhaltensweisen:
1) Dauernde Beschäftigung mit dem Inhalt der Geheimnisse, um das Feuer der Begeisterung am Leben zu erhalten.
2) Bemühen um Bewusstheit, um aus dem hypnotischen Zustand der Unbewusstheit aufzuwachen.
3) Bereitschaft, sich infrage zu stellen, um das Ganze in den Blick zu bekommen.

Diese Bereitschaft hat mich auf die Richtung gebracht, die ich nun gewählt habe. Die Suche selbst hat auch immer etwas mit Anstrengung zu tun, denn sonst könnte ja jeder ohne großes Zutun finden, wonach es ihm begehrt. Ich bin überzeugt davon, dass nur wer wirklich suchen will und die damit verbundene Anstrengung in Kauf nimmt, auch das findet, wonach er sucht. Schließlich macht keinen Sinn, alles Wissen jedem frei zur Verfügung zu stellen. Wer diesen Pfad nicht einschlagen will, der soll sein Leben so führen, wie er es bis bisher auch getan hat.

Der äußere und der innere Kreis:

In einem Orden wird es normalerweise immer zwei Gruppen geben: einen „äußeren Kreis", der sich freut, einem Orden anzugehören und mit gleich gesinnten Brüdern und Schwestern in einer anspruchsvollen Atmosphäre das Ritual mit seinem erbauenden Aspekt, ein Brudermahl oder andere gesellige Unternehmungen zu erleben und zu genießen, der sich auch andere gemeinsame Aktivitäten wünscht und zu organisieren bereit ist. Diesen äußeren Kreis braucht es, denn die Masse ist es, die eine finanzielle Grundlage für das Fortbestehen eines solchen Ordens bilden kann. Diese Menschen sind zufrieden mit dem, was sie haben, und das ist gut so. Es ist somit auch keine „Bekehrung" notwendig.

Daneben gibt es einen „inneren Kreis". Dieser bezeichnet jene Brüder und Schwestern, die ein starkes Interesse an Mysterien haben beziehungsweise ein hohes Maß an Spiritualität in sich verspüren, die man an ihrer Souveränität und an ihrer Abgeklärtheit erkennt, aber auch an ihrem Interesse an Persönlichkeitsbildung, Weltanschauungsfragen und ähnlichen Themen. Dieser innere Kreis bildet meiner Meinung nach die Elite. Hier befinden sich die Menschen, die nicht nur konsumieren, sondern die

Welt verändern wollen und sowohl nach Wissen als auch nach Macht suchen. Hier besteht meiner Meinung nach die Schwierigkeit darin, die Macht konstruktiv einzusetzen, denn der Missbrauch dieser Macht verleitet leider viele Menschen und zieht sie in einen Bann aus Habgier.

Und nun schaue ich in eine neue Zukunft und freue mich auf die Veränderungen, die auf mich zukommen werden. Dabei werde ich auch weiterhin an den nachfolgenden Worten von Charles Reade festhalten, die mich schon vor Jahren geprägt haben:

Achte auf deine Gedanken, denn sie werden deine Worte.
Achte auf deine Worte, denn sie werden Handlungen.
Achte auf deine Handlungen, denn sie werden Gewohnheiten.
Achte auf deine Gewohnheiten, denn sie werden dein Charakter.
Achte auf deinen Charakter, denn er wird dein Schicksal!

Steve Schild, Januar 2019

*****

Weitere Informationen zum Autor:
Website: http://www.steveschild.ch
Facebook: https://www.facebook.com/stevemarsone/

Tinka Wallenka: Kosmischer Ausflug

Mehr durch Zufall bin ich auf den Autor Steve Schild aufmerksam geworden. Ich hatte ihn zunächst bei einigen Korrekturen unterstützt, bis er schließlich anfragte, Selbiges auch bei seinem biografischen Roman „Druidenzeit" zu tun. Nur eben als Co-Autorin, die textlich mitgestalten darf. Durch dieses doch sehr persönliche Buch lernte ich immer wieder neue Facetten an Steve Schild kennen und im Laufe der Bearbeitung habe ich immer wieder Parallelen zu mir selbst entdeckt. Sei es der ausgeprägte Perfektionismus, die Ungeduld oder auch das unabdingbare Gefühl, einfach nicht ins gesellschaftliche Raster zu passen. Ich habe Steve Schild vor allem als sehr technikversierten Menschen kennengelernt, der einen überaus starken Wissensdurst und Forschungsdrang hat. Beeindruckt hat mich dabei der unheimliche Ehrgeiz, der fast schon wie von einer anderen Welt ist und den Steve bei all seinen Unternehmungen an den Tag legt. Er ist kein Mensch, der einfach so aufgibt. Ich glaube sogar, dass er jeden Sturz als Ansporn sieht, es beim nächsten Mal noch ein Stück weiter zu schaffen und seinen Zielen damit einen Schritt näher zu kommen. Es war sehr spannend, mit ihm zusammenzuarbeite, Fragen zu stellen und immer wieder neuen Input zu bekommen.

Im Druiden sehe ich eine Art „Life-Coach", der viel
Positives ausstrahlt und immer wieder versucht,
richtungweisend und unterstützend einzuwirken.
Jemand, der nicht einfach geht und einen im Regen
stehen lässt, wenn es einmal schwierig wird. Solche
Menschen sind wahre Freunde und diese sollte man
sich bewahren.

Über „Mars One" denke ich, dass wir es irgendwann
in ferner Zukunft geschafft haben werden, unseren
Blauen Planeten so kaputt zu spielen, dass er nicht
mehr bewohnbar sein wird. Ich selbst wie auch die
nächsten paar Generationen werden das nicht mehr
miterleben, aber irgendwann ist der Tag zwangsläufig
da. Und so wie jeder Mensch einen Überlebensinstinkt
hat, denke ich, dass es dem übergeordnet eine Art
„Arteninstinkt" gibt. Wozu sonst der Blick nach oben,
wenn es einen selbst nicht mehr kümmern braucht,
was später einmal sein wird? Vermutlich, weil es ein
evolutionsbedingter Urinstinkt ist beziehungsweise es
einfach in unserer Natur liegt, über die Erhaltung der
menschlichen Rasse nachzudenken. Auch dann, wenn
diese für den Augenblick noch geschützt ist. Und
irgendwann in ferner Zukunft werden die Menschen
hier nicht mehr leben können. Schon jetzt nach einer
„Alternative" zu suchen und diese zu „erproben",
weiterzuforschen und sich darauf vorzubereiten, was
ohnehin unausweichlich ist, halte ich daher für sehr
sinnvoll. Und war es auch nicht schon in der

Vergangenheit so, dass jeder Fortschritt mutige Menschen gebraucht hatte, die vorangegangen waren? Dass diese oftmals leider auch Opfer bringen mussten? Ich bewundere jeden, der den Mut aufbringt, sich aufopferungsvoll für solch eine Sache einzusetzen und obwohl ich Steve als einen sehr sympathischen Menschen empfinde, so wünsche ich ihm doch, dass sein Traum für ihn in Erfüllung geht.

Über mich:

Ich wurde im Jahr 1989 im Sternbild des Löwen geboren und habe schon in meiner Jugend angefangen, erste Geschichten zu schreiben. Dabei ging es mal romantisch und auch mal düster zu. Letztendlich spiegelt sich das auch in meinen Büchern wider, denn diese sind im Dark Fantasy Genre einzuordnen, besitzen aber romantische Komponenten, wobei die Beziehungen nicht immer glücklich enden. Im Jahr 2015 wagte ich mich schließlich ans Veröffentlichen und fand einen Verlag in Berlin, bei dem die „Black Cage"-Saga unterkam. Diese handelt von einer jungen Japanerin, die von seltsamen Träumen heimgesucht wird, da ihr ein Shinigami (Todesengel) im Schlaf begegnet, der ihr nicht gut gesonnen ist. Irgendwann greift dieser sie an und die Blessuren verfolgen sie bis in die Wirklichkeit hinein. Folglich hat die große Angst vorm Einschlafen und niemand glaubt ihr. Als sie merkt, wozu der Dämon fähig ist, versucht sie mit allen Mitteln ihre

Freunde und Familie vor ihm zu beschützen. Ein paar Nebengeschichten zu dieser Haupthandlung sowie eine Kurzgeschichtensammlung zum Thema „Halloween", die jugendfrei gehalten sind und durchaus auch Kindern vorgelesen werden können, veröffentlichte ich später im Eigenverlag. Der abschließende Band meiner Buchreihe steht noch aus, aber ich bin zuversichtlich, dass ich dies noch nachholen werde. Denn die Zusammenarbeit mit Steve, hat mir auch wieder ein bisschen neuen Auftrieb gegeben. Privat arbeite ich im bürokaufmännischen Bereich, habe einen festen Freund (fast Ehemann) und widme mich der Schreiberei weiterhin nebenberuflich. Man darf also gespannt sein, was noch so kommen wird. Vielleicht auch noch einmal etwas Gemeinsames mit Steve, das möchte ich an dieser Stelle nicht ausschließen. Ich werde seinen Weg definitiv weiterverfolgen und ihn unterstützen.

Tinka Wallenka, April 2019

Website: www.tinka-wallenka.de